ANUNNAKI

Narrativa

235

© 2024 – Gilgamesh Edizioni
Via Giosuè Carducci, 37 – 46041 Asola (MN)
gilgameshedizioni@gmail.com – www.gilgameshedizioni.com
Tel. 0376/1586414

ISBN 978-88-6867-714-5

In copertina: Progetto grafico di Dario Bellini.

Alessandro Martellini

LA VELA BIANCA

A mia madre

1

Eppure c'era un qualcosa nell'aspetto del ragazzo che gli destava stupore, ma per quanto ci pensasse, il professore proprio non riusciva a portarlo alla luce. Gli occhi azzurri come il mare erano identici a quelli della madre, che aveva conosciuto una sera di dicembre, durante le vacanze invernali.

Erano forse i capelli bruni come la terra? Non c'era estate che, finito il lavoro nella grande città, non si trasferisse a casa loro, dove tra campi spogliati dall'umida erba e bruciati dal sole, ritrovava quel colore che così tanto lo affascinava tra le sue lunghe ciocche di capelli.

Eppure c'era qualcosa in lui, al di là della chioma e dei suoi occhi, che lo tormentava, un qualcosa che lo rimandava ad antichi ricordi di spiagge cesellate o di gite nei boschi, dove tra cinghiali affamati e scoiattoli felici riassaporava quel piccolo principio e nocciolo di selvaggia essenza, che ognuno nasconde nel proprio cuore.

Cosa sarà mai, dopotutto? Questa domanda spazzava le sue giornate come un vento furibondo, nelle assolate giornate di un'estate ormai al tramonto.

Un distacco dalla realtà vissuta ci doveva essere stato, un qualcosa che lo aveva riportato ad antichi dubbi, proprio quando il ragazzo giocava tra gli spenti campi, inseguito dal proprio cane.

Il professore, rimanendo a fissare il giovane correre spensierato, si alzò dalla seggiolina di vimini, che diligentemente aveva portato fuori dalla casa. Arroccata su una collinetta, proprio come una vela bianca, questa era sorretta da quella terra toscana, così veementemente sentita e sollecitata dalle passioni, che l'Italia centrale dolcemente rilascia.

Tra vivide e dense nubi, campi colorati dal dolce sapore di nettare paradisiaco, il ragazzo continuava a correre inseguito perennemente da uno simpatico schnauzer, mentre il pomeriggio appena sorto stava illuminando con le sue luci dorate i campi di semina, nella sua consapevole certezza che la notte, in quell'agosto giunto quasi ormai al termine, sarebbe arrivata presto.

Eppure c'era davvero in lui qualcosa che lo incuriosiva, un qualcosa che, dopotutto, anche in quella giornata e in quell'ordinario weekend, non sarebbe riuscito a capire.

Si incamminò sfiduciato, con la piccola sedia sotto le ascelle, stretta tra la sua lunga vestaglia grigio fumo, e procedette, a passi lenti, verso la casa di bianco intonaco.

L'aveva ereditata da suo nonno, dopo la misteriosa scomparsa del padre.

Una casa che era passata di generazione in generazione, fino allo schiudersi del tempo. Proprio come una bianca perla, che avvolta da una calda conchiglia fatta dalla vergine terra, ricordava il suo antico passato.

Un passato agricolo fatto dai segni dell'aratro e dalle più giovani macchine, che guidate dall'imperante suono del motore a scoppio, navigavano seguendo antiche rotte, scemando, emergendo e riemergendo, là dove l'occhio umano, per colpa di un'onda fatta di terra, perdeva contatto con l'orizzonte. Una linea sottile, dove un denso profumo di salsedine si sprigionava, per poi essere portato, nelle calde sere estive, fino alla sua bianca nave e ai suoi ospiti all'interno delle mura.

Si girò di nuovo in direzione del ragazzo, il quale, stancatosi della sfrenata corsa, si era messo a sedere dove poco tempo prima lui aveva posizionato la sua bella seduta in vimini, ammirando la magnitudine che lo spettacolo naturalistico offriva in dono a loro.

Aprì la porta di casa immergendosi al suo interno. Il dolce profumo domestico lo avvolse, mentre una simpatica cantilena si propagava tra le stanze. Era Maria, la sua affittuaria.

Da quando aveva deciso di riaprire la casa, si erano succedute in lui numerose emozioni. Era infatti ormai da molti anni che aveva deciso di vivere in città, a Siena.

Dopo essersi laureato e dopo aver trovato impiego, aveva comprato un piccolo appartamento proprio vicino al suo luogo di lavoro, il liceo classico Canova, dove da ben trent'anni era docente di italiano e filosofia. Tutto questo realizzato nonostante la pacata tristezza di suo nonno, che seppur felice per il nipote, lo avrebbe voluto forse per sempre in quella casa, avvolta da un manto di nubi, dove lo aveva atteso fino alla fine della sua vita, insieme alla madre di lui, chiedendosi se il nipote prima o poi sarebbe tornato.

Dopo la morte del nonno, un notaio lo aveva raggiunto in città con il testamento, che gli lasciava, oltre a qualche spicciolo, questa bella casa immersa nella campagna senese.

Ci ritornò quasi per caso o forse per gioco. Un'estate aveva prenotato un viaggio per distrarsi e scappare dal caldo opprimente della città e con suo grande rammarico, pochi giorni prima della partenza, questo suo bel tragitto fu rimandato a causa di un disturbo che, seppur momentaneo, ebbe però la sfortuna di rovinargli del tutto i piani.

Fu così che, più per necessità che per curiosità, si mosse di nuovo verso la vecchia casa in campagna, là dove risiedevano indisturbati tutti i suoi ricordi d'infanzia.

Quando la raggiunse gli sembrò quasi irreale. Era passato così tanto tempo che per un tratto non la riconobbe. Il suo candido biancore correva per tutti i quattro lati, muovendosi tra terrosi profumi e dense pennellate del cielo; la luce solare entrava da piccole finestre, che si dispiegavano su tutta la superficie, abbellita da un tetto a spioventi ricoperto da rossastre tegole in terracotta, che, stanche, prendevano il sole e la pioggia senza emettere nessun tipo di lamento.

Vi giunse in una calda giornata di luglio dove, tra lo stridere delle cicale arrampicate su qualche albero sperduto e il volo di indisturbati stormi di allodole, gli parve di ritornare, tutto ad un tratto, in un mondo che aveva deciso di dimenticare. Il dolce sapore di casa gli inebriò le narici, mentre la penombra di imposte chiuse si illuminava attraverso i ricordi, facendogli riconoscere lo scrittoio di sua madre, l'imponente tavolo della cucina e il grande piatto di ceramica di Montelupo. Là, dove quieti sguardi li avevano lasciati, ma che i suoi ricordi riportavano alla luce, come se fossero stati in pieno giorno.

Ora, seduto su una delle cinque sedie in cucina, mentre Maria cantava al piano superiore, ricordava quanto fosse stato bello quel ritorno.

Trascorse allora, infatti, in quella casa dei giorni lieti, finché non arrivò poi il momento in cui dovette ritornare al lavoro. Fatti i bagagli in poco tempo, chiuse l'abitazione e si diresse verso il villaggio, dove avrebbe atteso la corriera per ritornare in città. Si accomodò nella bella piazza assolata, circondata da basse case con le finestre che le correvano intorno.

Da un bar scemavano alcuni schiamazzi che disturbavano un gruppo di anziani, intenti a giocare una partita a briscola. Le carte si alzavano e si abbassavano ripetutamente e velocemente, scandite da una sorta di danza, dove colpi al tavolo e bicchieri di vino tracannati con avidità e fumi di sigaretta contribuivano a quell'atmosfera tipicamente italiana.

Fu lì che, per un bizzarro scherzo del destino, vide correre una giovane donna, seguita da un piccolo bambino, verso l'angusto ufficio postale, che dava anch'esso sulla piazza, proprio come faceva il bar dalla parte opposta.

Mancava ancora una buona mezz'ora all'arrivo della corriera.

Una bella strada tortuosa prima lo avrebbe portato al paese di nascita di sua nonna e poi, dopo alcuni chilometri, lo avrebbe condotto di nuovo a Siena, dove due giorni dopo avrebbe ricominciato di nuovo le lezioni con gli studenti.

Ricordò che, alzandosi dal muretto della vecchia fontana, la quale albergava proprio al centro della piazza, si avviò verso il bar, dove avrebbe preso un caffè per poi accomodarsi più tardi sul confortevole sedile della corriera, lasciandosi cullare dolcemente verso casa.

«Un caffè» disse sommessamente, per poi essere servito dalla scorbutica barista.

Il bar proprio non era cambiato, solo un moderno gioco lo aveva tinto di contemporaneità, dove tra il tintinnio e il fracasso, i giovani facevano correre una pallina impazzita.

Si stava rilassando, in attesa della corriera, quando la donna con il bambino appresso entrò di soprassalto, facendolo sussultare, per poi avviarsi verso il bancone, ordinando una coca cola per il figlio e un bicchiere d'acqua per sé.

Lui la guardò in viso, riconoscendo, attraverso il suo sguardo, un qualcosa di diverso da tutte le altre donne che aveva incontrato. Una dolcezza oltre i confini, ma anche intrisa da una determinazione che non aveva eguali. Era giovane, più giovane di lui, e mentre sorseggiava il bicchiere d'acqua, tenendo il suo bambino per mano, sottovoce chiese alla barista velocemente un'informazione. Poi, schiarendosi la gola, la ripeté in modo più deciso, cercando di permettersi il lusso di poter sorpassare il caotico rumore di quel giochino infernale, che soffocava quel che di tenue e rilassante era rimasto in quel bar.

Cercava casa.

«Non so che dirle, signora. Penso che sia probabile, ci sono tante case sfitte in questo paese. I nostri giovani vanno in città, dove trovano una vita più facile e divertente. Perché mai dovrebbero rimanere in questi luoghi. Vede quel coso laggiù? L'ha comprato mio marito e ora ci facciamo più soldi di quando mio nonno, con mia nonna, vendeva solo bicchieri di vino, al tempo in cui i contadini si portavano qui da soli il mangiare. La vita ormai è cambiata».

La giovane, timidamente, con una mano continuava a trattenere il ragazzino, il quale, affascinato dal gioco luccicante, guardava gli altri ragazzi ridere e urlare davanti al primo segno della nuova modernità arrivato in paese.

Poi la donna chiese il conto e appoggiando il suo bicchiere sul bancone del bar fece un'altra domanda, sperando che la barista questa volta potesse fornirle una risposta più specifica, senza troppo dileguarsi in chiacchere.

«Guardi, qui fuori c'è un signore anziano con una giacca verde. Affitta una casa proprio a due passi dalla piazza. Vada, vada, glielo vada a chiedere.»

La madre allora uscì trafelata, seguita dal suo bambino.

Il professore si ricordò che pigramente aveva controllato l'ora con l'orologio da taschino, regalo di suo nonno, e accortosi che dopo pochi minuti sarebbe arrivata e partita la corriera, si era avviato all'esterno.

Lì aveva incontrato la giovane, seduta proprio dove pochi minuti prima anche lui si era goduto il dolce scroscio della fontana, allentando quella focosa calura tipica della campagna toscana.

La corriera partì puntuale e lui, dirigendosi verso Siena con il cuore palpitante, affrontò con essa le prime curve, nascondendo quell'immagine di cui era stato testimone: una giovane donna con il suo bambino, persa in una piccola piazza, in un piccolo paese, in una regione del centro Italia. In una nazione persa come lei, leggera e traballante, mal posta sul mare.

Testi scritti da profumi portati dal vento gli sfioravano le narici, suggellando i ricordi della semina e del mare, e l'immagine dei grandi bianchi padroni dell'aria mitigava, con i loro voli, i suoi pensieri tristi. Man mano che la corriera si avvicinava alla città, incontrava campi dimenticati, non più suggellati da fenditure di aratri incessanti e dalla dolce e felice compagnia di cinguettanti stormi, i quali, non preferendo il suono del cemento e dell'acciaio o di sterili murature, si limitavano a spiccare tristemente la loro voce verso il cielo, in quei luoghi dove la terra ha imparato a dimenticare.

La corriera correva veloce, salendo e scendendo, incurvandosi e sfiorando i tanti muretti a sasso che avevano l'infausto compito di dividere ciò che era finito da ciò che doveva correre.

Un limite e una vista a perdita d'occhio, un binomio così mal azzeccato che gli fece venire in mente quello che sua mamma soleva dirgli, in qualche uggiosa giornata di pioggia.

Quando, sotto scrosci improvvisi e fitti come pareti d'acqua, lui correva bagnandosi, ribellandosi a qualcosa che tratteneva nel suo cuore. La maestra che gli diceva di fare il bravo bambino, il prete che parlava di peccati e il padre che, solerte, gli ricordava, anche se lui era ancora troppo giovane, d'essere uomo.

Allora tornava da queste scorribande inzuppato e, infradiciando tutti i pavimenti della casa, sua madre lo sgridava urlandogli: "Non hai proprio limiti".

Eppure, ora che ci pensava, ne aveva eccome.

E come questi immensi campi, che frenavano la loro corsa per colpa di piccoli e insignificanti muretti, ora anche lui, ripensando alle scelte del suo passato, e anche a quelle attuali, si era frenato o si frenava, davanti a quello sbarramento e a quel concertino di opinioni e dicerie e consigli e comportamenti sociali, che proprio come quel muretto avevano bloccato le sue volontà e desideri, portandolo ad accontentarsi di quel posto come insegnante.

Dopo trent'anni di lavoro continuo in quel liceo avrebbe potuto ambire alla carica di preside o vicepreside, ma nonostante i suoi tentativi, trasformatisi poi però in tentennamenti, non era mai riuscito a farsi breccia tra quello scoglio di burocrazie e di concorrenti, che costantemente gli sfilavano via le opportunità, mentre lui, invece, ogni anno, ritornava in classe con il suo Manzoni in mano, dove trovava facce nuove ad aprire i quaderni.

Quel giorno giunse a Siena in un pomeriggio bagnato da una timida pioggia, ma che di lì a poco si sarebbe trasformato in un qualcosa di più consistente. Si ricordò che si era incamminato verso la sua casa, che si trovava non poco lontano da Piazza del Campo, camminando con le sue scarpe sui ciottoli spruzzati dalla pioggia di un autunno che lo aveva richiamato a sé, ma che lo avrebbe riportato molto presto là dove il mare si trasformava in terra.

Una voce lo distolse dai suoi ricordi. Quella voce che aveva rapito le sue attenzioni.

«Mi scusi, non volevo disturbarla, ma solo avvertirla che è pronta la cena» gli disse Maria, osservando quell'uomo ormai più vicino alla vecchiaia che alla maturità, che si era perduto a fantasticare con lo sguardo spento verso qualcosa. Quel qualcosa che lei non riusciva a comprendere.

«Grazie Maria, arrivo subito.»

«Ha visto Fabio?»

«Sì, certo, è ancora fuori a giocare con Athos.»

«Quel ragazzo! Non è mai puntuale, eppure gli ho raccomandato che oggi avremmo pranzato tutti insieme!»

Lui le rivolse uno sguardo incuriosito.

«Non si ricorda che giorno è oggi? Eppure lei è un professorone, non mi dica che proprio non si ricorda che giorno è!»

Lui, stropicciandosi le guance, pizzicandole per riattivare la circolazione, meditava a riguardo di questa occasione speciale, tanto da dover pranzare tutti insieme. Di solito preferiva mangiare da solo, passando a correggere la bozza del breve romanzo, che qui, durante le estati, aveva avuto il tempo di scrivere.

In questi luoghi perdeva la cognizione del tempo, come se, appena varcate le mura di casa, quelle attività o attenzioni, doveri e i pochi piaceri che si concedeva, svanissero all'istante, perdendo improvvisamente quella durezza che nella sua vita quotidiana e lavorativa così tanto premeva d'esistere.

Qui, stretta tra queste colline, la sua mente correva libera, fluttuando con il vento e crescendo tra le rugose cortecce dei processi mentali. Ogni realtà era soverchiata da una più imperante, quella che lo richiamava alla libertà.

«Professore! Sta bene?»

Lui sobbalzò, si era perso un'altra volta nei suoi pensieri.

«Sto benissimo. Ora mi ricordo. Oggi è il 2 giugno, la festa della Repubblica.»

«Complimenti, professore. Nella mia famiglia festeggiamo questo avvenimento proprio come se fosse Natale. Mio padre ci teneva molto. Aveva combattuto per questo e, anche dopo che il signore ha deciso di prendersi tutta la mia famiglia, ho mantenuto questa tradizione, prima con il mio figliolo e ora anche con lei.»

Lui sorrise, ritornando a pensare alla sera in cui l'aveva conosciuta.

Al tempo in cui era ritornato a Siena, dopo quei giorni lieti in cui aveva ripreso possesso della casa, aveva passato i primi mesi dell'autunno a lavorare, spostandosi tra casa e scuola, quando improvvisamente era arrivato dicembre con le sue vacanze. Non riuscì a spiegarselo, ma decise per la prima volta in trent'anni di trascorrere le feste natalizie alla casa, contravvenendo alle sue regole, più orientate a passare un bel periodo cittadino, fra decorazioni e facce sorridenti, piuttosto che nella sua casa d'infanzia, isolato in campagna.

Quell'anno però decise di cambiare i suoi piani e fu così che parlò con Maria per la prima volta, in una fredda serata di dicembre.

Se lo ricordava bene quell'avvenimento, proprio come se fosse successo pochi istanti prima.

Le poche luci del bar del paese, il triste presepe

a dimensione naturale nella piazzetta e una giovane donna che correva all'impazzata, bussando alle porte in cerca d'aiuto.

«Cos'è successo?» le chiese.

«Il mio bimbo sta male, ha la febbre alta, sto cercando il dottore!»

«L'accompagno.»

«Veramente lo farebbe?»

«Certo.»

E poi, trovato il medico, si avviarono tutti insieme verso la casa della giovane donna.

«Non c'è tanto da preoccuparsi, l'abbiamo presa in tempo questa brutta tosse, meno male che non si è trasformata in polmonite. Tipico a questa età e in questa stagione.»

La giovane donna scoppiò a piangere.

«Le devo qualcosa?»

«Lasci stare, è Natale. Però un consiglio, cambiate casa, qui è troppo umido, sembra una cantina.»

Fu così che gli venne l'idea.

Decise di affidarle casa sua. Dopotutto, lui l'aveva frequentata per una sola estate.

Almeno lei avrebbe avuto un posto caldo e accogliente dove far crescere suo figlio, mentre lui una persona che non avrebbe lasciato deperire il luogo dove era nato. Tutto però a una condizione: non voleva denaro, ma solo che questa coppia formata da madre e figlio gli permettesse di soggiornare in quella casa durante la bella stagione, nell'intermezzo tra la fine e la ripresa delle lezioni.

Quell'ultima estate era stata proverbiale per lui, avendo capito che non gli serviva più progettare faticosamente un viaggio, che lo avrebbe distratto durante questo solitario periodo estivo da insegnante, ma che invece la sua vecchia casa d'infanzia offriva un'ottima soluzione per ritirarsi in vista dell'anno nuovo, vista e considerata ormai la sua età avanzata.

Il patto fu stretto e la casa e i campi intorno a essa si riempirono nuovamente di corse e dolci profumi di pani appena sfornati.

«Ecco il pranzo» gli disse, destandolo ancora dai suoi pensieri, mentre si trovava seduto a una tavola imbandita. Arrosto di vitello, pane appena sfornato, focacce, frutta secca e crema alle castagne per dolce.

Stava osservando queste superbe leccornie quando, come un tornado, entrò correndo, seguito dal suo fedele Athos, il giovane ragazzo.

«Vieni qui, Fabio» gli disse, mentre il bambino imbronciato si diresse verso l'anziano signore.

«Lo so, non voglio annoiarti con le mie chiacchere da vecchio, ma voglio darti una cosa. È tutta la mattina che ci penso, ma penso proprio che sarà più utile a te che a me, oramai.»

Lo sguardo del ragazzo brillò di curiosità, mentre lui uscendo fuori dall'uscio rientrò con una bella bicicletta nera con il manico in metallo.

Il ragazzo, fuori di sé dalla gioia, corse per prenderla fra le mani.

«Non è un granché, ma ieri sera mi sono dato da fare e l'ho rimessa a posto. Forse è un po' grande, ma ti ci abituerai.»

Il ragazzo si girò verso la madre.

«Posso andarci?»

La madre divertita si rivolse verso il vecchio professore.

«Non doveva.»

«Dovevo eccome! Dopotutto a qualunque ragazzo serve una bella bicicletta.»

Poi Maria si rivolse ancora verso suo figlio.

«Va bene, però prima pranziamo, mi sono fatta in quattro per preparare tutto questo.»

Il bambino si mise a sedere sul suo sgabello in legno, mentre gettava l'occhio al suo bel regalo appoggiato al muro vicino alla porta di casa. Non riusciva a crederci che fra poco avrebbe corso giù veloce per la collina, con la sua prima bicicletta.

«Ci sai andare? No? Allora dopo lo splendido pranzetto che ha preparato tua madre, ti insegno. Sempre se alla signora Maria questo va bene.»

«Certo, professore. Così nelle giornate di bel tempo potrà andare a scuola in bici.»

La scuola si trovava in paese, a quattro chilometri dalla casa. Una distanza considerevole per un bambino e anche per un adulto.

Il pranzo si svolse in piena armonia, addolcito anche, per gli adulti presenti, da qualche bicchiere di vino.

«Allora, andiamo fuori a fare qualche prova.»

«Mi raccomando, professore, stia attento.»

Il sole era ancora caldo, mentre spargeva attorno a sé i suoi afosi raggi.

Quello era il consueto weekend che precedeva le feste d'estate e, come ogni volta in questi ultimi anni, il professore utilizzava questi due giorni per portare le sue valigie nella casa bianca, per poi concentrarsi, senza intoppi di alcun genere, sui preparativi per l'ultima settimana di lezione e la consueta partenza. Le nuvole correvano veloci lungo il cielo, muovendo negli uomini quel vago sentore di libertà e armonia, che a tanti campeggia nascosto nel cuore.

«Va bene così. Non fermarti ora» disse, guardando il ragazzo sbandare sulla ghiaia della stradina appena fuori l'uscio. Sentiero che poi continuava in leggera discesa per finire in un bel campo di fiori gialli e rossi.

«Mi raccomando, fermati appena ti accorgi che stai prendendo velocità.»

Infatti, dopo le prime spiegazioni di rito, del tipo: con i pedali spingi, come si sale in bicicletta, questi sono i freni e la catena serve per far muovere le ruote, il ragazzo, baldanzoso, aveva preso il mezzo e con tutta l'audacia e la mancanza di percezione del pericolo tipica di quella età, era montato in sella, dandosi un bello slancio e spingendo con forza e senza paura sui pedali, cercando di mantenere una linea retta. Traiettoria che, nonostante i consigli appena dati, proprio non riusciva a tenere, finendo perennemente a terra.

«Stai tranquillo, capita a tutti le prime volte.»

Per poi aggiungere: «Accipicchia, sei andato lontano».

Il bambino piangeva, si era sbucciato un ginocchio, su uno dei tanti sassi che decoravano la stradina del vialetto.

Mamma Maria uscì di casa, tutta trafelata.

«Fabio, ti sei fatto male?»

«Stia tranquilla, signora, l'ometto sta benissimo. Su, coraggio, andiamo a medicarci e poi risaliamo in sella quando te la sentirai di nuovo.»

Il ragazzo smise di piangere.

«Subito.»

Gli venne da ridere. Quanto sono coraggiosi i ragazzi.

«Non si preoccupi, signora, io mi sono fatto di peggio alla sua età.»

Maria si terse la fronte con l'asciugamano che molto probabilmente stava usando per lavare i piatti.

Una leggera folata di vento fece sollevare un po' da terra, muovendole come piccole bandierine, le tante punte degli steli d'erba, che timidamente si facevano notare.

«Domani, professore, partirà come sempre per l'ultima settimana di lavoro?»

«Sì, certo»

«Però che strana abitudine. Perché si scomoda a venire una settimana prima?»

Lui sorrise.

«Un'abitudine da anziano, suppongo. Ne sto avendo così tante in questa parte della mia vita.»

«Venga, che le servo un caffe.»

Un'altra folata di vento, ma stavolta più vivida, si fece sentire, facendolo rabbrividire.

Sono cambiato, pensò fra sé, entrando in casa e assaporando l'aroma denso della moka tolta dal fuoco. Il cinguettio degli uccellini gli ricordava che fra poco sarebbe arrivata la sera e la mattina seguente avrebbe trovato sulla via, tra la casa e il paese, il suo vicino, che ormai da quando era ritornato in quei luoghi lo aspettava, in giorni concordati, per accompagnarlo al borgo da dove avrebbe preso la corriera. Vendeva frutta in paese e ogni mattina partiva dalla sua abitazione per avviarsi al lavoro. Lo avrebbe aspettato come sempre a due chilometri dalla vela bianca, così lui chiamava la casa del professore.

Dopo aver bevuto il caffe, salutò Maria e il ragazzo, ritirandosi in camera per leggere fino a sera. Prese una sedia dello scrittoio in mogano e la mise accanto alla finestra, dove godeva di una splendida vista. I cipressi appostati come sentinelle, il grano che sventolava il suo cuore candido d'oro e i voli delle allodole frettolose. Aprì il suo libro preferito. Il suo Omero, *L'Iliade*. Lo stava leggendo proprio alle sue classi, che questa settimana avrebbero dovuto scriverne un tema. L'ultimo tema di quell'anno.

Con le pagine aperte ripensò alla sua carriera da professore.

Erano già trascorsi trent'anni, un'immensità a vederli in quel modo, ma che invece erano passati veloci senza quasi lasciare ingiuria nel suo cuore. Rapidi e decisi, ma che in verità più che soddisfazione avevano lasciato malinconia nel suo animo. Di certo non per colpa dei ragazzi. Tutti bravi studenti, chi più, chi meno, ma più che altro proprio perché erano passati e questo lo lasciava sconcertato, e ogniqualvolta che un anno si concludeva, questa malinconia si faceva sentire sempre più, così come la consapevolezza che non avrebbe potuto far niente per controllarla.

Forse era anche per questo che decise di ritornare in questi luoghi, nella sua vecchia casa, dove il suo passato si infiltrava nel presente e nel futuro, salvandolo, almeno durante questi tre mesi estivi, da quella tristezza che così aspramente si stava riversando sulla spiaggia della sua vita.

L'Iliade era aperta, ma lui non aveva ancora

letto una pagina. Era arrivato allo scontro fra Diomede e Glauco e alle presentazioni, quelle che faranno cessare la voglia di sangue in entrambi i concorrenti.

«Ecco cos'è importante» mormorò. «Le tue radici, come quelle di un albero che crescono per vedere la cima cullata dal vento».

Radici che lui aveva riscoperto quella passata estate, in cui era tornato là dove anche la terra si muoveva come il mare.

Era tardi, il sole era caduto. Era rimasto a pensare tutto questo tempo. Non aveva voglia di cenare e si mise a letto. Il cuscino era caldo, l'estate era alle porte e quindi anche il suo ritorno fra questa natura, dove forse ancora una volta si sarebbe salvato.

2

Si svegliò di mattina presto, uscì dalla sua camera e mangiò una fetta di pane. Aprì la porta cercando di non svegliare Maria e il piccolo, avviandosi giù per la strada, dove dopo una mezz'oretta vide un camioncino bianco ad aspettarlo, ai lati di una polverosa stradina di campagna.

«Grazie per avermi aspettato, Luigi.»

«E di che. Sempre un piacere, professore. Allora io vado.»

Accese il motore cominciando a muoversi lungo la strada.

«Sa, l'altro ieri, guardando la TV con la mia signora, ho pensato proprio a lei.»

«Come mai?»

«C'era una domanda a "Rischiatutto" che proprio ha mandato in confusione il concorrente. Però sono sicuro che lei avrebbe saputo rispondere.»

«È qual era questa domanda?»

«Aspetti. Era difficile, me la sono scritta su un foglietto.» Accostò il camioncino pieno di verdure di stagione.

«Che cos'è un endecasillabo?»

«È un verso composto da undici sillabe, il più armonioso nella metrica italiana.»

«Quante ne sa, professore. Perché non ci va lei a "Rischiatutto"?»

«No, non penso che faccia per me.»

Luigi lo guardò in viso.

«Quanto è bella la cultura. Appena ho il tempo, voglio farmene una anch'io. Sa, professore, quando ho dei momenti liberi, tra un cliente e l'altro, leggo qualcosina.»

«E cosa legge di bello?»

«Guardi.»

Luigi gli porse una rivista: *Vie di Italia*.

«Sì, la conosco, interessante questa rivista, a volte la porto nelle mie classi.»

«Ecco, non sono i libri che ha studiato lei, però, lo stesso, ci sono cose interessanti sull'Italia e la sua storia dell'arte.»

Riaccese il motore del camioncino e si avviò lungo la strada in direzione del paese, che si trovava a pochi chilometri.

La giornata era tersa e priva di nubi. Faceva molto caldo, forse un po' troppo presto rispetto alle medie stagionali. Luigi aveva detto che quest'anno si sarebbe prodotto un buon vino, se non fosse piovuto troppo violentemente.

Ben presto le prime case isolate del paese apparvero alla vista, mentre un curato viale, con alberi potati, si presentava in tutta la sua magnificenza.

«Scenda qui, professore, è la prima fermata del pullman che va verso Siena.»

«Sì, oggi non ho voglia del caffè. Arrivederci Luigi e ancora grazie.»

«Professore, ci pensi per il quiz!»

Lui gli sorrise.

«Ci penserò.»

Poi si avviò per la stradina appena fuori dal borgo, non aveva voglia di farsi vedere dalla gente del bar e dalle varie signore che lavavano ai fossi. Era ormai da molto tempo che preferiva questa fermata più discosta, che portava i vari contadini in centro paese e, da lì, verso la città.

La corriera arrivò. Lui salì, accomodandosi ai primi posti, appoggiando il capo al poggiatesta.

Queste svegliatacce erano, ogni anno che passava, sempre più faticose, ma comunque indispensabili. Sia per il passaggio di Luigi, che avrebbe perso se si fosse svegliato più tardi, dato che lui doveva montare la tenda del furgoncino e la bancherella molto presto il lunedì, sia perché quella corriera lo portava proprio davanti al suo liceo.

Soprattutto però non voleva svegliare Maria e il suo piccolino. Si era molto affezionato nel corso degli anni a quella coppia e visto che in famiglia mancava la figura paterna, in un certo senso, si trovava costretto, nonostante l'età, a provare a darne una a quel ragazzo, cosa che, dopotutto, gli risultava così sciocca da farlo vergognare.

Non aveva mai avuto figli, né, tantomeno, si era mai sposato. Troppo concentrato su se stesso, sulle sue abitudini, cresciuto attraverso regole autoimposte, che erano riuscite a mascherare i suoi tanti problemi. Come l'eccessiva timidezza, la poca autostima e l'assoluta certezza che, prima o poi ogni realtà che avesse amato sarebbe finita.

Proprio come quando da bambino si era affezionato a una grassoccia gallina, una delle tante che il padre teneva nel pollaio fuori casa. Non si seppe mai spiegare il perché, ma da piccolo le si era molto legato. Forse per colpa del suo piumaggio buffo, diviso un po' tra piume bianche e marroni, o forse perché, crescendo in solitudine lontano da altri ragazzi con sua mamma ex insegnante, non aveva avuto altra scelta.

Per colpa del suo carattere ritroso, timido e malinconico, i cani da caccia di suo padre, così sempre iperattivi, non gli fornivano quel poco di affetto di cui aveva bisogno. Fu così che si affezionò a quella gallina, finché una sera, in una tavola spoglia, la trovò davanti a sua nonna, che condivideva la vecchiaia con loro, intenta a spiumarla con molta tranquillità.

Pianse come solo un bambino può piangere. Lacrime pure. Poi anche lui crebbe, divenne insegnante e a poco a poco cominciò a dimenticare come può far male la vita in campagna e nello stesso tempo come può far bene la vita in campagna.

In quel momento, però, viaggiando sulla corriera, vide ciò che c'era di buono in quei luoghi, in quelle immagini di contadini sotto il sole di giugno, intrisi di sudore, intenti a prendersi cura dei vitigni che da lì a poco avrebbero dato essenza a quei panorami.

Si addormentò, per poi essere svegliato dal conducente, che ormai lo conosceva, alla fermata prossima al suo liceo.

«Professore, ci siamo quasi». Lui fu travolto dai rumori di una modernità incalzante, macchine e motorini, gente che parlava ad alta voce e scalpiccii di tacchi.

Se ne era scordato, erano bastati solo due giorni per scordarsi di tutto questo.

Si avviò verso il liceo per concludere un altro anno.

Un'altra poesia, un'altra lettura, le parole contribuirono a fargli passare velocemente quell'ultima settimana, costruendo ricordi e sogni di un anno ormai alla fine, accanto alle immagini, soffuse magari, di un bel disco di musica.

L'estate era incominciata e lui come sempre, sorridendo, ritornava a casa.

«Professore!» Maria era fuori dalla porta. Stava raccogliendo un mazzo di fiori per poi essiccarli con cura nelle pagine di un qualche libro polveroso della libreria, che la mamma del professore aveva così desiderato e che il marito era stato costretto a comprare.

Veniva da Ponsacco, ed era fatta di un ottimo faggio. "Ti sei voluto sposare una maestra". Così gli dicevano i suoi amici al bar, quello stesso bar dove pochi anni prima il professore aveva visto per la prima volta Maria e il suo bambino.

Quando suo padre andò a prenderla fu un avvenimento per il paese, forse perché spendere una modesta somma di denaro per una libreria era considerato nettamente superfluo per la gente del borgo o, molto più probabilmente, perché era indirizzata a una donna e non a un uomo.

Non entrava per la porta di casa, quindi suo padre ne tagliò la parte superiore, per poi sistemarla all'interno dell'abitazione.

Nei giorni successivi sua madre impilò uno a uno i suoi libri con molta cura.

La mamma del professore veniva da Arezzo, ma poi con la famiglia si era trasferita a Siena. Il padre aveva trovato un lavoro come operaio in una fabbrica di metallo. Con grandi sforzi fecero studiare la loro figliola che li ripagò con un ottimo lavoro come insegnate in una scuola materna. Conobbe il marito quando aveva la bellezza di ventisette anni. Due anni dopo si sposarono, con la gioia in cuore dei suoi genitori, che avevano la paura di vederla finire i suoi giorni come zitella.

Si trasferì alla casa bianca, e qui incominciò la sua nuova vita. Una vita ad allevare un figliolo e accudire un marito. Aveva dovuto lasciare il lavoro, così lui aveva voluto. Fu quindi una bella conquista aver finalmente la sua bella libreria in casa.

«Salve, Maria.»

«Buongiorno, Professore.»

«Ha fatto un buon viaggio?»

«Sì, non mi posso lamentare.»

«L'aspettavo prima.»

«Ho dovuto fermarmi un po' di giorni a Siena. Problemucci di poco conto.»

«Vuole che le metta su un caffè?»

«No, non si disturbi. Il bimbo dove sta?»

«Sarà fuori a giocare con Athos. Da quando gli ha regalato quella bicicletta, non si vede più. Esce di mattina e torna di sera tardi, seguito dal cane. Un altro suo regalo.»

Il cagnolino, infatti, l'aveva trovato due anni prima camminare da solo in centro a Siena, denutrito e spaventato. Non ebbe allora proprio il coraggio di lasciarlo al suo destino. In quell'attimo pensò che dopotutto ogni ragazzino doveva possedere un cane. Un compagno di giochi, un amico inseparabile. Fu così che lo regalò al ragazzo. Si innamorano entrambi alla prima occhiata e da quel giorno diventarono inseparabili.

«Ho qualcosa per lui.»

La madre lo guardò spaventata.

«Stia tranquilla, signora, è innocuo. Un bel libro d'avventura illustrato.»

Il viso di Maria si rasserenò.

«Grazie, così avrà qualcosa da leggere. Deve proprio migliorare la lettura.»

Lui entrò in casa. La grande libreria lo stava guardando, stracolma di libri di filosofia, botanica e di scienze, ma con nessun libro adatto a un ragazzo.

In quell'istante si ricordò di sua madre e della sua abitudine di leggere proprio vicino alla stufa.

L'entrata della casa dava subito a un piccolo disimpegno, dove si potevano mettere i cappotti o far asciugare gli ombrelli, poi immediatamente si entrava in un'ariosa stanza con una grande cucina toscana annessa. In mezzo alla stanza un grosso tavolo di noce spiccava per il suo colore scuro, abbellito com'era da sedie, sempre di legno, dall'aspetto vissuto e grezzo e sorretto da un pavimento cesellato da mattonelle di cotto. Al primo piano si poteva accedere a due stanze. Una camera da letto e un piccolo bagno di servizio. La grande libreria era accostata alla parete, dove si trovava l'entrata della camera, e ai cui piedi erano sistemate due poltrone di feltro scolorite, mentre una terza, in vimini, finiva di decorare l'ambiente. A sinistra, una piccola scala saliva al piano superiore, dove si trovavano altre due camere di modeste proporzioni e un altro bagno.

Non proprio una reggia, ma che lui ora sentiva più che mai scorrere attraverso il suo sangue. Le origini, pensò, mentre la sua mente ritornava all'epico scontro tra Diomede e Glauco.

«Le preparo qualcosa da mangiare, due uova, magari? Appena prese.»

«Grazie. Se non la disturbo.»

«Si figuri, è un piacere, venga a tavola mentre io le preparo.»

La giornata era lieta e un'aria frizzante, intrisa di magia, stava correndo birichina attraverso i campi, per poi giungere inaspettatamente all'interno della casa.

Il caldo dei giorni precedenti si era dissolto improvvisamente, rimandando quello che sarebbe stata l'estate toscana, tra caldi intensi e sole battente, come lo è un martello da fabbro. L'ultima scorribanda di un'aria più mite proveniente dal nord, che aveva portato con sé l'abbassamento delle temperature.

«Si sta bene, vero signora?»

«Sì, almeno stamani si respira, ma fra poco arriverà il gran caldo.»

«Il canto delle cicale.»

«Cos'ha detto?»

«Arriverà, con il gran caldo, anche il canto delle cicale.»

«Professore, visto che ho l'occasione, potrei chiederle un favore?»

«Mi dica. Riguarda il piccolo?»

«Sì.»

«Mi dica.»

Maria si sedette su una sedia accanto al professore.

«Guardi, non so spiegarlo.»

«Incominci e poi vedremo.»

«Ecco, a detta delle maestre non si concentra mai in classe ed è svogliato, sempre tra le nuvole.»

«Aspetti, la interrompo subito. Guardi che sono atteggiamenti tipici dell'età. Maturerà.»

«Sì, anche io sono di questo avviso, ma non è per questo che mi preoccupo, è per i suoi altri atteggiamenti.»

«Quali?»

«Vede, anche oggi gli avevo raccomandato di tornare presto, di fare solo un giretto e basta, per salutarla, ma non è ancora tornato.»

«È un bambino, i bambini giocano.»

«Sì, ma a volte lui torna tardi, verso sera, io gli chiedo dove si sia cacciato e lui non riesce a rispondermi. Non se lo ricorda.»

«Forse semplicemente non vuole dirlo.»

«Anch'io ero di questa opinione. Infatti l'ho sgridato, ma vede, io conosco mio figlio e guardandolo negli occhi ho capito che non mentiva. Un giorno ho persino…»

«Persino?»

«L'ho seguito giù per la collina, ma sono stata costretta ad abbandonare l'inseguimento, era troppo veloce. E ora, con la sua bici, non ne parliamo.»

Lui si ritrasse, un po' ferito.

«Nessuna spiegazione?»

«No. Una volta ho visto che è scappato pure di notte. La mattina l'ho sentito parlare in cortile di fate nascoste vicino allo stagno del Gherlo.»

«Questi luoghi stimolano l'immaginazione. Io non mi preoccuperei.»

«Se lo dice lei, professore.»

«Però, visto che sono qui, potrei chiacchierarci un po' e vediamo cosa ne viene fuori. Che dice?»

Maria sorrise.

«Sarebbe perfetto, professore. Ora vado a prenderle le uova.»

Lui guardò fuori dalla finestra, lentamente le colline imbiancate di fili d'erba ondeggiavano contro il cielo, oscurando gli enigmi che la storia di quei luoghi trattiene dentro di sé.

Storie di santi eroi, miti e leggende.

Quel pomeriggio avrebbe parlato con Fabio, perché sapeva bene che quei campi portano con sé sia doni che maledizioni, ed era importante comprendere quali scegliere.

Per occupare il tempo, aspettando il piccolo Fabio, si concesse una bella passeggiata per la campagna.

La giornata era perfetta e non troppo calda, quindi decise di avventurarsi fino alle vecchie stradine, percorsi che tagliavano campi, una volta usate proprio come vie maestre dai vari contadini, che si spostavano da paese a paese, ma ora dimenticate. Perlopiù vissute da gente che silente usava le domeniche pomeriggio per riempirsi i polmoni d'aria pura, prima di ritornare in città, in fabbrica o negli uffici.

Lontano vedeva la strada asfaltata mascherata da nuvole di polvere, alzate da un vento giocoso. Grandi grilli saltavano a destra e a sinistra, accompagnandolo per la sua passeggiata, quando improvvisamente lo rivide ancora. Un albero solitario svettava indisturbato, muovendo ritmicamente le fronde della sua vasta chioma, mentre, discosto dalla vita moderna, echeggiava come una sentinella, volgendo lo sguardo all'infinito e alle nuvole, che correvano instancabilmente nel cielo.

Come ogni anno decise di raggiungerlo, anche se la salita che partiva dalla base della collinetta, in cima alla quale troneggiava, si faceva per lui ogni volta più pesante.

Ci volle una buona mezz'oretta, ma poi, finalmente, lo raggiunse.

Non pareva invecchiato, se lo ricordava proprio uguale a quando da bambino soleva riposarsi sotto i suoi rami, ascoltando il canto degli uccelli e gli ululati del vento. Toccò la sua corteccia, vibrante ed energetica. La vita si rilasciava dalle sue radici fino alle punte delle sue foglie, che pigramente si lasciavano colpire dai primi raggi pomeridiani. Era felice, come ogni anno, di rincontrarlo. Il suo vecchio amico che, nonostante il tempo, la modernità incalzante, le automobili che sfrecciano, il rumore dei taxi, i motorini dei giovinastri, era sempre rimasto uguale. Lì, saldo sulle sue gambe, sfidando l'ignoto, in un lento ma inesorabile combattimento con il creato.

Sicuramente sarebbe sopravvissuto anche quando lui avrebbe smesso di insegnare, avrebbe mangiato il suo ultimo pranzo e avrebbe dispiegato il suo ultimo respiro. In questa inarrestabile corsa che era la vita, lui viaggiava libero, svolgendo il suo ruolo da protagonista.

Meditava su questo, quando, inaspettatamente, un ricordo pungente della sua gioventù si ripresentò di nuovo.

Girò intorno al grande albero, finché non vide una piccola lapide, testimonianza di un altro viaggiatore che, come lui, aveva scelto quel luogo per distrarsi o per addentrarsi negli enigmi del tempo.

"Mia cara, a te riservo il mio amore."

Così campeggiava scritto sulla piccola lapide; e sbuffi di cumuli soffici di panna montata e rapide scorribande di animali selvatici, insieme al grande albero, guardavano l'infinito di questa terra, che come per magia era cresciuta limpida, pura in un mondo tormentato.

Si ricordò che da bambino leggeva questa effigie, cercando di immaginare chi mai fosse quella donna sepolta. Cercava anche di raffigurarsela. Cosa difficile, vista la mancanza di una foto. Se l'immaginava bionda, con lunghi capelli dalle tonalità del grano, che le ricadevano delicatamente sulle spalle. Un bel vestito portato elegantemente. Un bel viso tondeggiante, come la luna, che incorniciava il cielo notturno, occhi blu profondi, come pozze d'acqua sorgiva.

Se la raffigurava leggere un libro e delicatamente girarne le pagine e, al termine di un paragrafo, guardare la terra e la sua bruna certezza. Se l'immaginava delicata e gentile e a volte in penombra. Appena prima della sera riusciva anche a vederla.

Toccò l'albero, testimone delle fantasticherie del suo passato, mentre con molta calma cominciò a scendere la collina per ritornare a casa. Si girò e, a un tratto, la rivide. Lo stava salutando, come stava salutando tutti gli uomini di un tempo, che stavano per scomparire.

Fece ritorno verso tardo pomeriggio. Quando entrò in casa vide Maria e il piccolo Fabio.

«Vieni, andiamo a sederci fuori, sotto il portico, mentre tua mamma ci fa due focaccine e parliamo un po'. Le dispiace, Maria? Fabio, prendi due sgabelli e andiamo.»

Si sedettero vicino all'uscio di casa. Le luci cominciavano a ingiallire e a farsi più tenui, ma mancavano ancora un po' di ore al tramonto. Si girò verso il ragazzo e gli diede un sasso in mano.

«Hai visto che bello? L'ho raccolto mentre tornavo. È la prima volta che vedo questi bei colori in un sasso. Tu che ne dici?»

Il bambino rigirò la pietra fra le mani, incuriosito.

«Sì, è bella.»

«Sì, è veramente bella, Fabio.»

«La scuola?»

Lui fece una smorfia.

«Non tanto bene, suppongo. Non ti preoccupare, c'è tempo e tempo, in questi luoghi vi è così tanto da imparare e da esplorare, la matematica verrà dopo.»

Il bambino sorrise, mentre lui gli scompigliò i capelli.

«Furbetto! E, dimmi, dove vai tutti i giorni? Tua mamma mi ha detto che scompari molto spesso.»

Fabio rimase taciturno, mentre Athos, accoccolandosi ai suoi piedi, gli appoggiava la testolina sul ginocchio, in attesa delle carezze.

«Va bene. È un segreto, immagino.»

Un gabbiano passò sopra le loro teste incurvando le sue ali, seguendo una scia di vento che lo avrebbe riportato a casa, verso quel mare che sprigionava la sua potenza, tuonando e suonando da lontano, dove l'occhio non poteva arrivare.

«Qualche volta vado allo stagno.»

Lui sorrise. Si stava confidando.

«E perché? Se posso chiedere.»

«Mi piace.»

«Hai ragione, è proprio un bel posto. Con tante cose da fare.»

«Lo conosci?»

«Certo, Fabio, quando avevo la tua età, anche io ci andavo, e proprio con la bicicletta che ti ho regalato.»

«Cosa andavi a vedere?»

«Andavo per tuffarmi nell'acqua, godermi il sole e a volte a fantasticare. Anche a te piace sognare, Fabio?»

Il bambino strinse le labbra, producendo una simpatica smorfia.

«Sì, mi piace» rispose.

«E cosa ti piace?»

«Mi piace pensare di trovarmi fra tanti amici.»

«Veramente! Che tipo di amici?»

«Tutti. Athos, gli uccellini e i pesciolini dello stagno.»

«E cosa fate per divertirvi?»

«Giochiamo.»

«Che tipo di gioco?»

«Abbiamo costruito un regno. Io sono il re, Athos è il mio fedele cavaliere.»

«E poi?»

«I pesciolini sono i cavalli del nostro regno e gli uccellini sono i musicisti, che suonano canzoni di saluto quando arriviamo.»

«Mi sembra molto divertente.»

«Sì. Dobbiamo avere molti amici per proteggerci da lei.»

«Chi?»

«Dalla fata.»

«Quale fata?»

Fabio non rispose, ma si alzò dallo sgabello, cominciando a correre con Athos. Il professore guardò il bambino, che si divertiva spensierato, quando Maria arrivò alle sue spalle.

«Ha capito qualcosa professore?»

«Mi faccia pensare, poi le farò sapere. Penso che io e il bimbo dovremo fare altre chiacchierate.»

Il sole cadeva a capofitto, al di là di dense nubi in lontananza, che intrise d'acqua si coloravano di tinte romantiche e dolci contrasti.

La sera giunse e, come ogni giorno, lui aprì la sua *Iliade* illustrata. Un regalo della madre quando aveva compiuto quattordici anni.

"Per non dimenticarti che nella vita bisogna combattere" così gli disse, mentre lui, ancora ragazzo, apriva questo libro, illustrato da splendide scene.

L'arrivo degli Achei, Achille e Patroclo e l'assedio, Ettore, Agamennone e gli altri personaggi, splendidamente disegnati.

L'aria che entrava dalla finestra era ancora fresca, ma di lì a poco le temperature sarebbero aumentate, portando l'afa presente durante il giorno anche nelle notti stellate.

Si accese una sigaretta, chiuse la sua *Iliade* e uscì dalla camera. Maria e il bambino erano già a letto.

Aprì la porta di casa e si incamminò lungo il vialetto acciottolato, appena fuori dall'abitazione.

Le colline scomparivano nella notte, non permettendo la stessa visuale che di giorno si poteva avere. La luna era rinchiusa in uno spicchio e timidamente gettava una luce pallida e poco concreta, mentre il cielo era frammentato da tante piccole luci. Si accese un'altra sigaretta, lasciando che il fumo scomparisse in un'atmosfera rinchiusa tra mistero e ricordo.

A volte suo padre, proprio come lui, stava ore fuori dall'uscio di casa a fumare, a pensare o a osservare i suoi campi, mentre lui, bambino, rimaneva nascosto dietro la finestrella che dava al porticato a sbirciare i suoi movimenti, le sue pose, il modo in cui teneva la sigaretta.

Studiava suo padre, così come osservava affascinato una bella illustrazione della sua *Iliade*: Ettore saluta Andromaca e suo figlio.

Non si seppe mai spiegare il perché di quella associazione, ma forse in quella sera cominciò a capire quel pensiero. Si girò verso la casa. Nonostante il buio della notte, la bianca facciata rifletteva ancora il suo candore. Per quanto avesse cercato di non affezionarsi, ormai si era attaccato a quel ragazzo e a sua madre. Certo, non erano la sua famiglia, però lo avevano salvato da un degrado che solo l'estrema solitudine alla fine poteva generare.

Si era distaccato da tutti e da nessuno, vivendo la sua vita ordinata e pianificata dalle ore a scuola e dal ritorno a casa. Non aveva mai stretto importanti amicizie, non che le occasioni fossero mancate, ma più che altro non ne aveva mai sentito la necessità. Un estremo pudore che non gli aveva permesso di confidarsi o perlomeno tentare di farsi scoprire da un altro essere umano. Non se lo seppe mai spiegare, vivendo la sua vita giornalmente un mattoncino dopo l'altro. Una costruzione che alla fine aveva completato un castello, ma che dopotutto si era così densamente decorata di solitudine.

Però ora, in questi ultimi anni, tutto era diverso. Per quanto avesse cercato di desistere da questi affetti, alla fine ne era rimasto travolto.

E ora, lì fuori, sull'uscio di casa, protetto da una scia di stelle, ne aveva acquisito la consapevolezza. Ripensò a suo padre e al fatto che non lo aveva mai conosciuto veramente. Ripensò a se stesso, un uomo come tanti altri, persi nell'ineluttabile enigma di risolversi e ripensò anche al ragazzo. C'era qualcosa di diverso in lui, così diverso dai tanti altri fanciulli.

Forse era per questo che la madre, preoccupata, aveva chiesto il suo aiuto?

Ripensò all'immagine di Ettore, che lascia Andromaca e suo figlio per difendere la patria e tornò con la mente alla sconfitta della città, quando la moglie dell'eroe venne fatta schiava da un Acheo, vincitore, e suo figlio inesorabilmente ucciso.

Aspirò ancora dalla sigaretta, che bruciava lentamente con le ombre della notte.

Si avviò verso casa, aprendo l'uscio. Entrò, soffermando lo sguardo sulle scale.

Anche se non aveva né l'età, né la presunzione di definirsi padre, in quell'istante decise però che non avrebbe seguito le vie di Ettore, ma che invece si sarebbe fermato e, nonostante il mondo e l'Italia stesse bruciando nel ritmo della modernità, lui li avrebbe aspettati.

Una madre e un bimbo, soli e dimenticati.

3

Da quella sera i giorni passarono lieti e felici. Le colazioni ricche, i pranzi al sacco, le risate e le corse del piccolo Athos. Proprio in quell'anno il professore aveva deciso di lasciarsi andare, dimenticando la sua scontrosità, tipica dell'età avanzata, sostituendola con i suoi ricordi da ragazzo.

C'erano mattine che con il piccolo Fabio arrivavano fino alla piana, al di là delle colline, camminando per polverosi e acciottolati sentieri, seguiti da Athos che non li perdeva di vista. C'erano pomeriggi che portava il gelato, comprato al bar del borgo e che, insieme a un bel cocomero, gustava con Maria e il bimbo, mentre placidamente e ridacchiando come matti parlavano delle signore del paese, così pettegole e superficiali, mentre i campi dorati brillavano alla loro allegria estiva.

L'estate serena correva, scivolando in giochi e letture, mentre il professore cercava sempre di capire l'animo del piccolo Fabio.

Finché una sera, poco prima di cena, mentre tutti e due si trovavano seduti per terra a guardare il lento scendere del sole estivo dilagare attraverso la linea paciosa di una collina, volle ritornare a quell'argomento, che insieme avevano intavolato poche settimane prima.

«Senti, Fabio, che diresti se domani andassimo allo stagno?»

«Perché?»

«Mi piacerebbe conoscere meglio quel luogo.»

«Hai detto che ci sei già stato.»

«Sì, ma tanto tempo fa. Mi piacerebbe ritornarci con te. E poi non ho mai conosciuto tutti i tuoi simpatici amici.»

«Se ti fa piacere.»

«Sì, eccome. E poi magari incontriamo anche la fata. Tu che dici?»

Fabio lo guardò di traverso.

«Non saprei, non è così facile.»

«Perché?»

«Perché lei non vive in quel luogo.»

«E dove vive?»

«Nel suo mondo.»

«E qual è questo mondo?»

«Fantastico.»

«Fantastico?»

«Sì, lei dice che solo i ragazzini possono vederlo.»

«E perché, dici che io sono troppo vecchio? Vuoi togliermi questo privilegio?»

«No, magari siamo fortunati e si farà vedere anche con te.»

«Va bene. Allora rimaniamo così. Chiederemo a tua mamma di prepararci dei panini e partiremo in mattinata. Ti va bene?»

«Ok!»

Fabio alzò lo sguardo, come se fiutasse l'aria intorno a sé.

«Buon odore, vero?»

«Sì, ci sono tanti odori. Ho imparato da Athos.»

«Che cosa? A sentire gli odori?»

«Certo.»

«E che odori senti?»

«Tanti.»

«Io sento quelli dei fiori e dell'erba secca sotto il sole.»

«Solo quelli?»

«Sì, perché tu ne senti altri?»

Fabio alzò ancor più il viso, inspirando boccate d'aria.

«Sì, sento anche io i fiori e l'erba. Però i fiori non sono tutti uguali.»

«Perché?»

«Ci sono fiori appena nati e quelli più cresciuti, i fiori rossi, i più arrabbiati, e quelli gialli, i più simpatici, e pure quelli blu, che crescono sulla parte più buia della collina, i più timidi. Ognuno di loro ha il suo profumo. Non sono tutti uguali.»

«E poi?»

«L'erba, c'è quella stanca, che si piega su sé stessa e che è gialla come il sole, c'è quella verde, più coraggiosa, che nonostante le giornate di vento non si spezza mai.»

«E poi, che cosa senti ancora?»

«Poi c'è profumo di libertà, di giochi e di luce. Sento il profumo di castagne che mangerò a novembre. Sento il profumo dell'olio, che colora il mio piatto. Il profumo del cielo quando è azzurro e nuvoloso. Quando è più frizzante e a volte denso. E poi sento il profumo della mia mamma, che mi vuole tanto bene, e io ne voglio a lei. Ci sono tanti profumi nell'aria. Perché tu ne senti solo due?»

Il professore rise di gusto.

«Forse perché sono vecchio. O forse perché mi

sono dimenticato che voi giovani avete ragione, sempre ragione, mentre noi, crescendo, ci scordiamo come vivere.»

Fabio corrugò le sopracciglia.

«Pazienza, ora andiamo a casa perché domani ci sveglieremo presto. Non sto più nella pelle, finalmente andremo a visitare questo tuo magico luogo.»

Si incamminarono verso casa. Fabio lo aspettava ogni qualvolta si portava più avanti. Frettolosamente si diressero verso la loro destinazione, dove li avrebbe aspettati la cena.

La giornata che seguì non fu rivelatoria per capire più profondamente il ragazzo. Non aveva visto questa ipotetica fata, più che altro avevano passato la mattina e parte delle prime ore del pomeriggio lungo la riva dello stagno, a osservare i salti dei pesci e ad ascoltare il cinguettio di qualche uccellino. Anche Fabio, ritornando a casa, espresse la sua delusione per non aver incontrato questa volta la fata. «L'aspettavo» disse, mentre correndo dietro ad Athos urlava al cielo, forse per farsi sentire anche da lei. «Non si fa vedere spesso, però».

Di ritorno verso casa, dopo avere raccolto dei fiori per la mamma, Fabio prese la bicicletta e, sempre con appresso il suo fidato cane, scomparve dietro la collina.

Il professore si ritirò in camera per riposare in attesa della cena. Si addormentò, sognando strani personaggi e creature danzanti sotto le fronde dei faggi, che qua e là spuntavano, imprimendo alla terra la loro forte saggezza.

Si svegliò quando il sole era già calato e, trovandosi in estate, doveva essere un'ora veramente tarda. Si ricompose e uscì dalla camera, trovando Maria e il piccolo Fabio seduti al grande tavolo della cucina.

«Mi scusi, Maria, mi devo essere addormentato. Non ho più l'età per queste scorribande.»

«Si figuri, professore. Ho immaginato che avesse voluto riposarsi e non ho voluto disturbarla. Ora le scaldo la minestra.»

«Non si disturbi. Faccio io. Fabio! Dove sei scomparso oggi pomeriggio?»

Il bambino lo fissò incuriosito.

«Dovevo fare delle cose.»

Il professore lo guardò.

«Che tipo di cose?»

«Niente di importante.»

Stava disegnando. Lui gli si sedette accanto con il piatto della minestra caldo.

«Buonissima, Maria.»

«L'ho fatta con i ceci.»

«Sì e un tocco di peperoncino, vero?»

«Esatto.»

«Veramente buona.»

Poi lo sguardo andò a finire sul disegno del ragazzo

Tanti colori contribuivano a formare la scena. Dal blu del cielo, dal verde dei campi cesellato, dal giallo del grano. Vi erano due personaggi e una casa.

La casa era bianca e, molto probabilmente, Fabio aveva dipinto la casa dove ora abitava. Però i due personaggi erano difficilmente identificabili.

«Chi sono?» gli disse il professore, indicando

le due figure.

«I guardiani della casa.»

«Ah sì? Non sapevo che la casa avesse due guardiani!»

«Sì che li ha.»

«Io non li ho mai visti.»

«Sono qua fuori.»

Il professore guardò Maria.

«Fammeli vedere.»

Allora il bambino corse verso la porta, inseguito dal professore e dalla madre, per poi indicare due cipressi in lontananza.

«Loro! Sono i guardiani.»

Il professore si mise a ridere.

«È vero, non me ero mai accorto. Per questo li hai disegnati come uomini?»

«Sì, a volte scendono dalle loro radici e vengono a giocare con me e mi dicono che da sempre proteggono questa casa.»

«Fabio, smettila di dire sciocchezze, sono due alberi. La tua maestra non ti insegna queste cose.»

«Mamma, non è vero, non sono solo due alberi. Sono amici miei.»

«Ora basta! Vai dentro.»

Il professore la guardò, mentre gli prendeva la mano.

«Fabio, vai a casa, ubbidisci alla tua mamma.»

Quando il ragazzo entrò in casa, prese la parola.

«Venga, non si crogioli troppo. I bambini fantasticano ed è bello questo loro fantasticare.»

Maria guardò in viso il professore e gli rispose: «Sì, certo, ma lui fantastica troppo, glielo avevo già accennato, professore. Sembra quasi distaccarsi dalla realtà. Io non vorrei che questo troppo giocare fosse pericoloso. Mi dispiace».

«Maria, non si preoccupi, l'estate è ancora lunga. Vedrò cosa posso fare.»

Entrambi entrarono in casa chiudendo la porta dell'uscio dietro di loro, mentre i grandi cipressi si muovevano nel vento, spostando le rigide forme in direzione della bianca casa, come se volessero assiduamente osservarla.

La mattina successiva decise che sarebbe andato al paese. Aveva preso accordi per farsi accompagnare da Luigi, che lo avrebbe aspettato con il furgoncino nel medesimo posto degli anni passati.

Quando lo vide in attesa, fumando una sigaretta, gli ritornò il buon umore. La sera prima lo aveva destabilizzato. Aveva rifatto degli incubi; ed erano ormai anni che non li faceva.

«Buongiorno, professore, che mi dice di nuovo?»

«Niente di che, invecchio.»

«Ahahah! Come sta passando le vacanze? Si sta riposando?»

«Sì, certo.»

«Entri in macchina, prego.»

Poi Luigi avviò il motore.

«Allora, mi dica, non si annoia tutto da solo in quella casa? È da un po' che non abbiamo notizie. In paese mi chiedono spesso di lei. L'ultima volta che l'hanno vista è quando è andato a comprare il gelato al bar.»

«Sì, non mi sposto molto spesso. Preferisco fare passeggiate e poi, non si ricorda? Non sono solo.»

«Ah è vero, la madre e il bimbo. Come stanno?»

«Stanno bene. Grazie.»

«Anche se passo spesso non troppo lontano da casa sua, non ho mai avuto il piacere di incontrarli, né la madre, né il bimbo.»

«Veramente?»

«Sì, certo.»

«Il bimbo va a scuola in paese?»

«Sì.»

«Per me i bimbi si assomigliano un po' tutti. Molto probabile che allora l'ho veduto una volta e non me ne sono accorto. A volte faccio fatica a distinguere i miei.»

Scoppiò in una fragorosa risata.

«Verrà per il Ferragosto in paese?»

«Ah è vero, me ne ero dimenticato. La festa.»

«Sì, quest'anno ci saranno pure i fuochi. Uno spettacolo da non perdere.»

«Interessante.»

«Posso accompagnarla. Io vado con mia moglie, se vuole potrebbe portare con sé il bimbo e la madre. Così me li fa finalmente conoscere. E non faccia come ogni anno. Venga, siamo una comunità e lei ne fa parte.»

«Mi pare un'ottima idea. Al piccolo penso che piaceranno i fuochi.»

«Questo è lo spirito giusto!»

Il furgoncino schizzava attraverso la via polverosa, mentre file di alberi preannunciavano il loro arrivo in paese.

«Mi fermo in piazza?»

«Grazie, devo andare all'ufficio postale.»

Le case in sasso con i loro balconcini decorati da cascate di fiori sembravano salutarli, mentre il furgoncino annaspava, tra le strette viuzze del borgo, per poi fermarsi vicino alla piazza.

«Buona giornata, professore.»

«Buona giornata, Luigi. Saluti moglie e figliole.»

«Sarà fatto.»

Poi scomparve, lasciandolo solo.

Si avviò verso l'ufficio postale. Doveva spedire una raccomandata alla scuola, questo sarebbe stato il suo ultimo anno di insegnamento. Andava in pensione. Una decisione che lo aveva sempre spaventato, soprattutto da quando improvvisamente aveva cominciato a non tenere più a mente gli anni di insegnamento che aveva svolto nel suo liceo.

Non era mai riuscito a diventare preside. Una posizione cui, non lo nascondeva, aveva sempre ambito; ma, dopotutto, la vita che si era scelto era andata bene così. Non aveva sofferto la fame, si era potuto permettere delle soddisfazioni e ora, proprio in questi ultimi tempi, era riuscito pure ad accettarlo. Proprio per questo, in questa prima parte d'estate, aveva maturato la definitiva idea di smettere con l'insegnamento e vivere il resto della sua vita in totale serenità.

Aveva deciso di avvisare la scuola della sua decisione. Poi, a fine estate, sarebbe partito per l'ultima volta. Avrebbe venduto il suo appartamento a Siena e si sarebbe trasferito definitamente nella sua vecchia casa. La bianca casa sulla collina.

Non aveva parlato di questo ancora con Maria e Fabio. Abituati a vederlo solo in estate, cosa avrebbero pensato ora che voleva vivere con loro l'anno completo? Scacciò dalla mente questi pensieri, in fondo al cuore sperava che ne sarebbero stati lieti.

Visto che ora gli mancavano pochi anni, in quella estate aveva deciso di fare anche testamento.

Avrebbe lasciato i soldi della vendita dell'appartamento a loro e perfino la casa bianca e il terreno incolto che la circondava.

L'unica cosa che voleva era passare gli ultimi anni in quei luoghi.

Che gran cambiamento aveva fatto, se ne era andato via da quelle terre, convinto di non tornare mai più, e ora meditava di morire proprio in quegli spazi.

Quanto può essere buffa la vita.

Ripensò a suo padre, a quando lo vide fumare fuori dalla casa, il giorno prima di quello in cui scomparve, lasciando lui e sua madre da soli. Non si seppe mai dove fosse andato. Qualcuno diceva in Australia, dove si era fatto una nuova vita. Qualcun altro a Torino, dove aveva già da anni un'amante. Però tutto questo a lui non importava, l'unica cosa che si ricordava era l'immagine illustrata di Ettore e quella di suo padre che fumava, prima di lasciarlo per sempre.

Quando ritornò a casa, aveva deciso di comunicare la sua decisione, ma varcò appena la porta quando si vide corrergli incontro tutta trafelata Maria, quasi fuori di sé.

«È scomparso!»

«Chi è scomparso?»

«Fabio!»

«In che senso?»

«Stamani sono andata in camera sua e il letto era disfatto e lui non c'era.»

«Si calmi, Maria. Forse è andato fuori a fare una passeggiata.»

«Non ha fatto colazione e ha lasciato a casa Athos, non è da lui.»

Il cagnolino scodinzolava, affranto, intorno alle loro gambe.

«Aspetti, vado fuori a cercarlo.»

«Vengo anche io.»

«No, Maria, stia in casa. Nel caso in cui tornasse.»

Si avviò velocemente all'aperto. Non sapeva dove dirigersi. Poi, a un tratto, un'illuminazione.

Seguito da Athos cominciò a camminare verso la discesa che dava a nord. Per quanto l'età si facesse sentire, continuava ad aumentare l'andatura. Era convinto che lo avrebbe trovato.

Dentro di sé sentiva di conoscere il luogo dove Fabio si era ritirato. Ora bastava solo vedere se la sua intuizione era giusta. La collina era davanti a lui e in cima il grande albero spiccava in tutta la sua austerità. Athos cominciò a correre, aveva sentito Fabio e seminò il professore in poco tempo. Finché anche lui, dopo una buona mezz'oretta, giunse alla fine della camminata e lo vide: il bambino era seduto vicino alla piccola tomba e parlava, coccolando Athos.

«Fabio, dove ti sei cacciato?»

Il bambino si girò verso la sua direzione.

«Buongiorno, professore.»

«Buongiorno anche a te. Ti dispiace se mi siedo un attimo accanto a voi due?»

«No.»

«Grazie, dopo questa camminata le gambe mi fanno male.»

Il sole era alto. Era mezzodì.

«Lo sai che tua mamma è molto in pensiero?»

«Perché?»

«Perché sei uscito di notte, senza dire nulla a nessuno.»

«Non volevo svegliarla.»

«Fabio, non puoi uscire di notte come vuoi. Non sei ancora grande.»

«Non volevo fare nulla di male.»

«Lo so piccolo, lo so. L'importante è che non ti sia accaduto niente.»

«Dovevo fare una cosa.»

Il professore rimase pensieroso per un paio di minuti, poi si rivolse al piccolo Fabio:

«Come l'altra volta, quando siamo tornati dallo stagno?»

«Sì. Dovevo sapere perché non era venuta.»

«La fata?»

«Sì.»

«E quindi oggi sei venuto tu a trovarla?»

«L'altra volta aveva detto che si sentiva sola.»

«E perché?»

«Perché ora non può più venire allo stagno.»

«Come mai?»

«Perché ti ha visto.»

«Mi ha visto?»

«Sì, mi ha detto che gli ricordi qualcuno.»

«Chi gli ricordo?»

«Non me l'ha detto.»

«Prova a chiederglielo.»

«Non vuole.»

Il professore gli passò una mano sui capelli.

«Non ti preoccupare. Ora andiamo a casa, tua mamma era molto spaventata.»

«Ok.»

Insieme si alzarono e inseguiti da Athos si avviarono giù per la collina.

«Posso chiederti una cosa, Fabio?»

«Certo.»

«Come mai la vedevi allo stagno?»

«Lei non vuole che lo dica.»

«Io sono tuo amico, però.»

«Va bene. È lì che è morta.»

«Allo stagno?»

«Sì, in un incidente. Era giovane.»

«Capisco.»

Un brivido gli percorse la schiena. La campagna assolata rilasciava la sua sonorità, mentre i due percorrevano la strada di ritorno, inseguiti da un piccolo cane, che gioiosamente annusava le loro orme.

Quando giunsero a casa, Maria corse fuori, raggiungendo il figlio.

«Dove sei stato? Mi hai fatto morire.»

«Scusa, mamma, rispose il ragazzo.»

«Dove lo ha trovato?»

«Era andato fuori a esplorare, vero? Perché non vai dentro a fare colazione.»

Quando Fabio corse dentro la casa, il professore si rivolse alla madre.

«Devo parlarle, Maria.»

«Mi dica.»

«Guardi, non so proprio come dirlo, ma Fabio sta veramente fantasticando un po' troppo.»

«Lo avevo detto. Che cosa posso fare? Mi

aiuti!»

«Devo pensarci, mi lasci ancora un po' di tempo. Vedrò cosa posso fare. Ho conosciuto un medico a Siena, mi chiedo se forse...»

«No, da quelle persone non ci porto il mio bambino.»

Il professore annuì e insieme entrarono anche loro in casa, dove Fabio, al grande tavolo della cucina, inzuppava una grossa fetta di pane nel latte.

«Fabio, vieni un attimo in camera mia.»

«Sì, professore.»

La stanza era buia. Lui accese la lampada del comodino. Poi prese un libro dal suo cassetto e glielo porse.

«Che cos'è? L'ultimo libro che mi hai dato non mi è piaciuto. Era da bambino» disse Fabio, con una smorfia sul viso

«Non lo conosci?»

«No.»

«È la mia Iliade.»

«Che cos'è l'Iliade?»

Il professore si sedette sul letto.

«È la storia di due antiche città e della loro lotta.»

Fabio si sedette anche lui sul letto e incominciò a sfogliare il libro.

«Ti piace?»

«Che cos'è questa?»

«Questa è la grande città di Troia.»

Fabio chiuse il libro e incominciò a camminare in cerchio per la stanza, per poi avviarsi alla finestra.

«Cosa guardi?»

«Nulla.»

«Non ti piace?»

«No, è bello.»

«Sai, avevo la tua età quando mia madre me l'ha regalato.»

«Che bambino eri?»

«Io?»

«Sì.»

«Penso un bambino normale, mi piaceva come te giocare all'aperto e immaginare realtà fantastiche. Non avevo tanti amici, però ho passato una bella gioventù.»

Il ragazzo continuava a osservare i fiori dalla finestra. Poi, con il suo nuovo regalo in mano, ritornò a sedersi sul letto, cominciando di nuovo a sfogliarlo.

«Ti posso fare una domanda, Fabio?»

«Sì.»

«Ti sei fatto qualche amichetto da quando stai qui?»

Lui scosse la faccina.

«Neanche a scuola?»

«No, gli altri bambini mi isolano.»

«Perché?»

«Perché non ho il papà.»

«Ti prendono in giro per questo?»

«Sì.»

Il professore si lisciò il mento, mentre teneva lo sguardo rivolto verso il basso.

«Mi è venuta un'idea.»

«Quale?»

«Dopodomani sarà Ferragosto e in paese ci sarà una grande festa. Anche con i fuochi d'artificio.»

«Veramente?» disse stupito il bambino.

«Sì e poi tanti dolci e cose buone.»

Fabio dalla contentezza si mise in piedi sul letto.

«Veramente?» chiese di nuovo.

«Certo! Io pensavo che potremo andarci insieme. Io, tu e la tua mamma. Che ne pensi? Sarebbe magari anche l'occasione per farti nuovi amici.»

«Sì, andiamo!»

Il professore sorrise. «Va bene, allora è deciso. Ci resta solo di andare a informare la mamma.»

Fabio saltò giù dal letto e corse nell'altra stanza, dove la signora Maria stava preparando la cena.

«Mamma, mamma, sai cosa ha detto il professore?»

Maria, stupita, abbassò il mestolo da cucina, con il quale stava girando il minestrone.

«Dimmi.»

«Ha detto che andiamo alla festa di Ferragosto.»

«Veramente!» disse lei guardando il professore.

«Ho pensato che fosse una buona idea. Ci accompagnerebbe Luigi con il suo furgoncino, ci sarà pure sua moglie e forse anche le sue figlie. Magari lei potrebbe così avere anche l'occasione di parlare con qualche signora, deve essere estremamente noioso passare le giornate a conversare con un vecchio come me.»

«Non lo dica nemmeno per scherzo, professore. È sempre un piacere. Però mi sembra un'ottima idea, una bella giornata di festa in paese ci può fare solo bene. Allora penso che andrò a tirare fuori dalla cassapanca il mio vestito buono per l'occasione. È da tempo che non lo indosso, penso che dovrò dargli una sistemata.»

Poi finì di servire a tavola ampie cucchiaiate di minestrone e tutti allegramente consumarono la cena. Quando ebbero finito, lei si avviò nella sua stanza per controllare la situazione del suo vestito, mentre il piccolo Fabio rimase a sfogliare attentamente il suo nuovo libro al grande tavolo di legno.

Il professore, invece, si avviò in camera e si accese una sigaretta. Il fumo cominciò a invadere la stanza, mentre con i ricordi ritornò a un antico Ferragosto, quando insieme a sua madre e a suo padre erano andati in paese.

Sì ricordò dei canditi, delle corse dei ragazzi intorno alla piazza. Le signore in festa, i colori delle case di sasso che brillavano al sole, la frutta secca, l'odore del pesce fritto cotto in bancarella e le lunghe tavolate. I rumori della gente che rideva e sua madre, che ballava con suo padre sotto la musica incessante dell'orchestrina del paese; e poi la notte e le candele e la Santa messa.

Le rapide colonnine di fumo, che in quell'istante la sua sigaretta rilasciava, si tramutavano in fili di piombo, che cadevano rumorosamente nel passato, ricordandogli quando, con lo sguardo di un bambino, era ancora capace di credere nelle favole.

4

La mattina del Ferragosto arrivò presto e il professore decise di spenderne la prima parte facendo una bella passeggiata, in attesa di partire a mezzodì, accompagnato da Luigi, in direzione del paese in festa. Per uno strano motivo, nonostante la sua direzione in principio fosse diversa, si spinse fino allo stagno.

Anche se giorni addietro vi era già andato con il piccolo Fabio, lo specchio d'acqua apparve solo dopo una buona oretta di cammino, tagliando per i campi.

Un silenzio adombrava quel luogo, come se qualcosa o qualcuno volesse tenerlo nascosto.

Non vi era vento e nonostante l'arsura dell'agosto toscano, il luogo era tinto da un'aria fresca e piacevole. Prese un bastoncino di legno e distrattamente cominciò a farlo sfiorare sulla velata superficie, facendo saltare qualche ranocchio che aveva scelto quel punto per riposare. Uno sciame di moscerini si alzò in cielo, volicchiando qua e là, mentre il suo sguardo si rivolgeva dall'altra parte della riva. Non vi era anima viva, se non una macchina in lontananza, che faceva alzare una nube di polvere, passando molto probabilmente su una strada ciottolata.

Stava pensando a ciò che aveva detto il piccolo Fabio a riguardo della sua fata. Anche lui da ragazzo aveva fantasticato tanto giocando fra queste vecchie colline, riportando alla mente tutte le piccole leggende che i contadini e i pastori della zona raccontavano come favole, sciorinando qualche buon bicchiere di chianti in trattoria.

Suo padre, prima che lui si addormentasse, soleva raccontargliene una.

Quella di un cavaliere che, stanco dei combattimenti da lui vissuti, conficcò, in un paese in provincia di Siena, la sua spada in una roccia, da dove non sarebbe stato più possibile estrarla.

Da bambino aveva sognato tanto di essere un cavaliere che impavido e senza paura, con il suo poderoso destriero, salvava fanciulle in pericolo e compiva imprese incredibili. Quelle storie lo portavano a cavalcare la sua bicicletta, proprio come se fosse un destriero, girando per le colline e facendo scintillare spade di legno, che si tramutavano, nella sua fantasia, in spade vere, anche di fuoco. Eserciti fantastici irrompevano nelle campagne e lui li respingeva con audacia e coraggio, mentre le genti del paese lo acclamavano portandolo in festa in piazza, dove si sarebbe svolto un grandioso banchetto.

Sogni di un bambino, puramente sogni. Però ora vedeva nel piccolo Fabio quella sua stessa capacità immaginativa, anche se molto diversa. Testimone di un mondo sotterraneo che prendeva forma.

I bambini fantasticano, pensò fra sé, guardando lo stagno. La tomba bianca, centro della sua immaginazione, non si trovava troppo lontano da lì.

Fabio era un bravo bambino e lui sperava che andando in pensione e avendo da quel momento tanto tempo da spendere per portarlo a fare gite, oppure a teatro, o a vedere una partita di pallone, o a visitare luoghi, queste sue ipereccitabilità mentali si sarebbero acquietate, in modo da tranquillizzare sua madre. Lo sperava con tutto il cuore.

Il cielo era privo di nubi. Sarebbe stata una bellissima giornata e lui era più che convinto che, da quel momento, le loro vite sarebbero cambiate in meglio.

Si avviò verso casa, trovando Maria che stendeva i panni.

«Buongiorno Maria, allora è pronta per la festa?»

«Professore, la stavo aspettando...»

«Che cos'è successo?»

«Fabio ha la febbre.»

Corse, seguito dalla madre, all'interno della casa, salendo le scale e trovando il piccolo a letto che lo guardava incuriosito

«Come stai?»

«Mi sento caldo.»

«Non è alta, solo qualche linea. Il ragazzino non doveva passare la notte fuori» disse Maria arrabbiata.

«Non possiamo piangere sul latte versato. Il danno ormai è stato fatto» gli rispose il professore.

«Però penso che sia meglio che stia a letto a casa, non vorrei che si trasformasse in una polmonite.»

«Posso provare ad andare in paese a cercare il dottore.»

«È un giorno di festa, non troverà nessuno, professore. Gli ho già dato una medicina, ora ha bisogno di dormire e di non commettere più sciocchezze.»

«Posso fare qualcosa, Maria?»

«Vada, si diverta, per noi sarà per il prossimo anno.»

«Non potrei mai.»

Athos era ai piedi del letto e faceva la guardia al suo padroncino, pronto a difenderlo.

«Venga, professore. Fabio deve riposare.» Insieme uscirono dalla stanza, non prima che il professore avesse salutato il piccolo.

«Ha già fatto tanto per noi. L'ha trovato l'altra mattina e questo è già molto.»

Si trovavano fuori dalla porta del ragazzo, quando Maria gli dette la notizia.

«Professore, stavo pensando che forse sarebbe meglio se tornassi in città.»

«Come? Perché?»

«Guardi, andiamo, non vorrei farmi sentire da Fabio.»

Si avviarono giù per le scale.

«Le preparo un caffè, se vuole.»

«Grazie.»

Maria aprì lentamente la moka, pulendola con molta cura, mentre il professore la osservava, in attesa che continuasse a parlare della sua decisione.

«Il fatto è che stamani ne sono quasi morta. Pur considerando che sono scappata dalla città per validi motivi, ora non posso però più ignorare quello che sta succedendo. Le stranezze di Fabio. Forse il vivere troppo isolato non fa per lui. Non lo so, penso che sia meglio partire, ecco tutto.»

Il professore si guardava le mani, poi si accese una sigaretta.

«Maria, io non posso cambiare la sua decisione. E sa bene che quando ho offerto a lei e suo figlio di venire qui, l'ho fatto perché mi sono trovato davanti una coppia di persone che aveva bisogno di aiuto. E Dio mi è testimone se dico che, qualora ognuno di noi prendesse decisioni di questo tipo, ci sarebbe meno sofferenza in questo mondo. Però capisco le sue motivazioni. Questi luoghi, queste solitudini, portano a questi pensieri. Forse non ha tutti i torti, io sono cresciuto in questa casa e capisco il suo desiderio. Ebbene, voglio solo che si prenda ancora del tempo per pensare a che cosa sia meglio fare. Ci rifletta, non sia frettolosa. Intanto, io andrò in paese, molto probabilmente incontrerò il dottore e gli chiederò di passare a vedere il piccolo, se è d'accordo.»

«Certo, professore.»

Spense la sigaretta e si avviò fuori, mentre Athos lo inseguì correndo.

«Che ci fai tu qui? Vai da Fabio. Ha bisogno di te.»

Il cagnolino lo guardò sconsolato. Non riusciva a capire.

«Non mi guardare in quel modo. Vai!»

Poi si avviò giù per la collina. Luigi era appoggiato al suo furgoncino con la rivista in mano, mentre la moglie faceva giocare le due figliuole.

«Alla buon'ora professore! La stavamo aspettando, pensavo che non venisse più. Ho litigato pure con la mia signora, che voleva lasciarla qua.»

«Lasci perdere questo cretino! Solo buono a leggere la sua rivista» rispose la moglie seccata.

«Ha visto come vivo, professore. Beato lei, tutto solo con la sua tranquillità e che non ha mai fatto questa dannata scelta. Si vede che lei ha studiato.»

«Scusatemi, sono sopraggiunte delle difficoltà.»

«Spero niente di brutto» disse la moglie di Luigi, mentre faceva salire in macchina le due figliuole vestite con l'abito della festa. Ampie gonne a sbuffo a quadrettoni, con uno scialle che copriva le spalle.»

«E il bambino?»

«Sono rimasti a casa, il bimbo ha la febbre.»

«In agosto?» chiese la moglie.

«Eh, lo so. Infatti Luigi mi chiedevo se riuscirò a trovare il dottore alla festa.»

«Certo, lo troverà di sicuro. Venga, andiamo.»

Salirono tutti in macchina, avviandosi verso il paese.

«La madre, quindi, è rimasta con il piccolo?»

«Sì.»

«Mi dispiace proprio, avevo portato pure le mie figliuole. Sono più grandi, però potevano fare amicizia. Vi dispiace ragazze che il piccino non sia venuto?»

«Sì» risposero all'unisono.

Quella più grande già si comportava da mamma.

«Quanti anni ha il piccolo?» chiese la moglie di Luigi.

«Undici, dodici.»

«A quella età si ha così tanta energia. Professore, mi è venuta un'idea.»

«Quale?»

«Perché non lo manda da me?»

«In che senso, Luigi?»

«Oh, adesso ricomincia.» Gli fece il verso sua moglie.

«Ecco, come vede la mia consorte mi ha potuto dare solo femmine.»

«Mi pare un bellissimo dono.»

«Certo, però mi è sempre mancato qualcuno che potesse aiutarmi nei campi. Sa, professore, qualcuno che potesse innamorarsi del mio lavoro, a cui potrei tramandare le mie conoscenze. Mi capisce?»

«Certo, la capisco, Luigi.»

«Però non voglio mettermi davanti ai suoi progetti. Forse lei lo vorrebbe un uomo istruito, un professorone come lei. Però lei mi ha raccontato il suo amore per i campi e quindi ho pensato... e poi le mie figliole non lo hanno mai visto a scuola. Quindi, diciamola tutta, professore, un uomo deve costruirsi una professione! Però è un'idea che mi è venuta ora qui, per caso.»

«Un'idea che gli è venuta ora, qui per caso, dice lui, ma se è da un mese che ne parli a casa.»

«Non le dia retta, professore, oggi a colazione si è fatta cantucci e vin santo.»

«Luigi!»

Il battibecco familiare andò per le lunghe, raggiungendo ben presto le porte del paese.

La festa si stava svolgendo. Ampie tavolate correvano per tutta la piazza, dove i primi avventori, con i piatti stracolmi, annaffiavano le pietanze con un ottimo vino.

Festeggiavano, ridendo e scherzando, tutti vestiti per le grandi occasioni e alcuni con i costumi tradizionali.

Le figlie di Luigi corsero verso un gruppo di giovani che, ai lati di una fresca orchestrina, muovevano i primi passi di una danza, che si sarebbe protratta fino a tardi.

L'odore denso di selvaggina cucinata adombrava le narici, facendole soffocare in sughi di carni macinate e fresche. I vecchi seduti ai tavolini, mentre le mogli cucinavano per la fiera, sbattevano energeticamente le mani, giocando delle carte che sarebbero scivolate tra quelle dita fino a tarda sera. Tutti erano contenti e tutti erano felici. Persino il prete del paese, austero per natura, si intratteneva in discussioni goliardiche, seppur non perdendo mai la sua intransigente identità.

Fra musica, schiamazzi e collanine di fiori, che le bambine facevano per poi sfoggiarle, sembrava che in tutto il paese scorresse cospicuamente molta felicità. Un'abbondanza che si poteva ben vedere, venendo su per la strada del borgo, nei numerosi vitigni ripiegati su se stessi, carichi di quei grappoli che il professore aveva notato nei campi.

Allora c'era tanto da festeggiare e stare allegri. Questo i contadini lo sapevano bene, ed era per questo che la festa quell'anno pareva più calorosa e travolgente.

«Venga, professore, andiamo a mangiare qualcosa.»

Luigi, spingendolo, si fece spazio tra una calca di gente che era venuta anche dai paesi vicini.

«Carla, tieni d'occhio le bimbe» disse il contadino alla moglie, mentre prendeva due piatti e, con l'aiuto delle addette, li riempiva fino all'orlo.

«Gli uomini devono mangiare, non è vero, professore?» aggiunse, per poi sedersi a un tavolo lungo quasi quanto la piazza, dove incominciò ad addentare la sua pasta con ragù di cinghiale, cucinata splendidamente dalle volontarie della fiera.

«Anche le signore» rispose il professore, soffocato dal rumore assordante. Mentre un fiume di persone masticava, beveva e parlava nel medesimo tempo.

«Luigi, vedi per caso il dottore?»

«Ah, è vero. Oh Pietro! Pietro, sono qui.» Fece con la manona, gesticolando verso un uomo seduto all'altro tavolo.

«Dimmi, Luigi.»

«Hai visto il dottore?»

«Sì, suona all'orchestra.»

«Suona?»

«Sì, la fisarmonica.»

«Boia, non lo sapevo. Andiamo, professore, finisco l'ultimo boccone e sono pronto. Mi scusi, ma era da ieri sera che volevo assaggiare questo ragù. Come ogni anno è stupendo.»

Insieme si diressero verso l'orchestrina, che aveva trovato posto vicino al bar del paese, dove il gruppo di giovani seguiva, a ritmo di danza, la musica, ballando passi che l'America aveva portato anni appresso.

«Dottore, posso disturbarla un attimo?»

Un giovanotto appoggiò lo strumento a terra e si diresse verso Luigi.

«Buongiorno, Luigi, dove è la tua signora?»

«È con le altre donne del paese.»

«Approfitto per ricordarti che la bimba ha il richiamo del vaccino.»

«Dottore, forse conosce già il professore.»

«Sì, certo che lo conosco.»

«Buongiorno, dottore, non vorrei rovinarle la festa, ma ho un problema a casa.»

«Di che tipo, professore?»

«Sa, da un po’ di anni a questa parte, alla vecchia casa di mio padre, si sono trasferiti una signora e il suo bimbo.»

«Sì, certo, ho saputo.»

«Stamani il bimbo si è alzato con la febbre e mi chiedevo se fosse possibile una visita per accertarsi delle sue condizioni.»

Il dottore si girò verso l’orchestrina.

«Quanto ha di febbre?»

«Solo qualche linea.»

«Ha tosse? Mal di gola?»

«No.»

«Allora non è grave. Posso venire domani mattina, se per lei va bene.»

«Sarebbe perfetto.»

«L’importante è che stia al caldo. E stasera, quando tornerà a casa, gli faccia preparare del brodo. Di gallina sarebbe meglio e niente di solido.»

«Sarà fatto.»

«Poi vedremo domani se eventualmente prescrivergli qualche medicina. Ora scusate, ma devo ritornare a suonare. È stato un piacere rivederla, professore. Le auguro di trascorrere un buon pomeriggio di festa.»

«La ringrazio e mi scusi per il disturbo.»

«Nessun disturbo. È il mio lavoro. Allora a domani.»

«A domani.»

Il dottore ritornò allo strumento. Pronto per riprendere subito dopo la sua bella musica.

Il professore si avviò anche lui al tavolo, spinto ancora una volta da Luigi, il quale, ridente e felice come una pasqua, gli raccontava storie del passato, dove tra polli scomparsi e amici sciocchi, tutto finiva in barzelletta. Proprio quando il campanile della chiesa batteva le tre del pomeriggio.

«Caro, noi si pensava di andare a casa.» La moglie del contadino, tenendo per mano la figlia più grande piangente, guardava il marito che addentava l'ennesimo pezzo di pecorino.

«Perché?»

«Non ora Luigi. Andiamo a casa.»

«Stiamo almeno fino ai fuochi.»

«Luigi, non davanti al professore. Ti prego.»

Il contadino guardò sua figlia.

«Roba da matti.»

Poi si alzò e insieme alla moglie e alla ragazzina andarono a parlare poco più in là.

Luigi tornò quindi verso il professore, con l'aria notevolmente contrita.

«Se non le dispiace, noi andiamo. Vuole un passaggio o preferisce tornare da solo?»

Stanco del chiasso e della gente in festa, lui non desiderava altro, in realtà, che ritornare alla sua tranquillità. Dove una bianca casa lo stava aspettando.

«Vengo anche io, se non vi dispiace.»

«No di certo.»

Allora si avviarono tutti e sei al furgoncino parcheggiato, grazie al quale, in un tombale silenzio, raggiunsero il luogo dove si erano incontrati.

«Passi una buona serata, professore» gli disse Luigi, prima di riaccendere il motore del suo automezzo e partire verso casa.

Da quel punto avrebbe dovuto camminare almeno due chilometri. Il sole era ancora alto in cielo, ma piano piano si incurvava sulla cupola tondeggiante dove era solito correre durante il dì.

Quando giunse a casa, si meravigliò molto di vedere il giovane Fabio correre come un ossesso, inseguito dal suo fedele Athos, mentre la madre stendeva i panni tranquillamente.

«Cosa ci fa Fabio fuori dal letto?»

«Buonasera, professore. Come mai non è rimasto alla festa? La aspettavamo più tardi.»

Lui lentamente camminò verso il ragazzo.

«Ehi, piccolo, non stavi male?»

«Professore, è successa una cosa particolare. Poco dopo che lei era uscito, mi piomba in cucina affamato come un lupo e senza neanche più una linea di febbre. Si è fatto fuori due tazze di latte e poi è corso fuori a giocare.»

«Non doveva permetterglielo, Maria.»

«E come facevo, lo sa come è fatto.»

«Vieni qua, Fabio.»

Il bambino lo raggiunse di corsa, mentre lui gli premeva un palmo sulla fronte.

«Non ha febbre.»

«Ha visto? Proprio come stamani.»

«Forse era solo stanchezza. Però ora fila a casa a cambiarti. Non bisogna rischiare. Domani mattina verrà il dottore e glielo chiederemo a lui.»

Il ragazzo corse a casa, inseguito dal cucciolo, mentre Maria finiva di stendere i panni.

«Com'era il paese?»

«Caotico, Maria. Troppo caotico.»

«Faranno i fuochi?»

«Penso proprio di sì.»

«Speriamo che si possano vedere anche da qui.»

Lui si girò, in direzione del punto lontano dove si trovava il borgo.

«Penso proprio di sì» rispose, ripetendosi.

«Che bello, non sto più nella pelle. È la prima volta dopo tanti anni che li vedo.»

«Sì, una bella novità.»

«Venga, professore, ho trovato una cosa e voglio mostrargliela.»

«Guardi, è qui» gli disse, quando entrarono in casa.

Una fotografia piegata e impolverata, adagiata sul grande tavolo della cucina.

«Guardi.»

Lui prese la foto, rigirandola fra le mani.

«Che bel bambino. Chi è professore?»

«Sono io.»

«Veramente?»

«Sì, questo è mio padre e questa è mia madre.»

«E lei?»

«Chi?»

«Lei» disse Maria, indicando una figura alla sinistra della madre.

Lui la guardò, per una manciata di secondi.

«Lo sa che proprio non me lo ricordo. Forse un'amica di famiglia, a quei tempi questa casa era spesso visitata.»

«Che bella donna.»

«Lei dice?»

«Sì, molto diversa. Non trova?»

«Non direi.»

«Come fa a non vederlo. Che classe.»

«Se lo dice così convinta, ci credo sicuramente.»

Poi appoggiò la fotografia di nuovo sul tavolo.

«Non la vuole tenere?»

«Sì, certo, ma ora non mi sento molto bene. Vorrei stendermi. Penso di aver mangiato troppo alla fiera. Non vorrei buscarmi un'indigestione.»

«Le porto un amaro?»

«No, grazie tante Maria, voglio solo ritirarmi.»

«Vuole cenare stasera?»

«No grazie.»

Si avviò verso la sua camera, mentre il suo sguardo si dispiegava al di là della finestra, dall'interno della sua stanza. Piccoli uccellini si inseguivano a rotta di collo su e giù per il cielo, mostrando abilità acrobatiche da fare invidia a qualunque circense.

Era pomeriggio inoltrato, si sedette sulla poltrona in camera sua e chiuse gli occhi. Non prima di aver ancora cercato inutilmente di capire chi fosse la donna in quella fotografia.

Un boato lo fece sussultare. Aprì gli occhi guardandosi in giro, mentre un altro botto gli fece sobbalzare improvvisamente il cuore.

Uscì dalla stanza, trovando l'uscio della porta spalancata. L'aria calda di un agosto inoltrato lo sfiorò, facendogli sentire anche tutti i profumi che la tipica serata toscana è solita portare con sé. Profumo di fiori, di erba bruciata e resina. Si spinse oltre la porta di ingresso, immergendosi nella notte, quando, improvvisamente, in cielo un raggio colorato balenò nell'oscurità, portandosi addietro un terrificante scoppio. Le luci si trasformarono in una pioggia stellata, mentre il cerchio, perdendo la sua forma originaria, si dissolveva miscelandosi nel buio.

«Professore, siamo qua» gli gridò una voce.

Era Maria, che tenendo a sé il piccolo Fabio, stava ammirando a bocca aperta i fuochi di artificio, che segnavano la fine della festa in paese.

«Venga qui con noi.»

Abbagliato da quelle luci e tramortito ancora dal sonno li raggiunse, mettendosi vicino a loro.

«Incredibili. Non me li ricordavo così belli.»

«Mamma, sono bellissimi.»

Un abbaio e un ringhio al cielo mostrò anche la presenza di Athos, che evidentemente non era della loro stessa opinione.

I fuochi continuarono a succedersi per un buon quarto d'ora. Finché dal cielo non si vide più nient'altro.

Le scintille, le luci e giochi colorati erano finiti, lasciando il denso strato bluastro imperturbato e annoiato dal futile gioco umano.

La notte si intrise di canti allarmati e corse fra i cespugli. La vita giornaliera si era destata prima del tempo e ora, che era finito il gioco, l'aria si riempì di canti strozzati.

«Torniamo a casa, amore. Non vorrei che domani mattina ti svegliassi ancora con la febbre» disse Maria, portandosi a casa il bambino.

«Viene con noi, professore?»

«Non ancora» rispose, mentre il suo sguardo attonito cercava di riprendersi da quella batteria di luci e di esplosioni che avevano segnato la fine del Ferragosto.

Si ricordava che, sfinito, poco prima si era addormentato sulla poltrona, ancora vestito. Inspirò profondamente, mentre le luci delle stelle si riappropriavano della notte e gli animali spaventati riappacificavano i loro cuori.

Era ora di coricarsi, ma non aveva per niente sonno, un profondo senso di irrequietezza stava correndogli nel cuore, mentre le cupe colline, tinte da pennellate notturne, sembravano far riaffiorare le sue antiche paure. Quelle che da bambino lo facevano piombare nel lettone della madre.

Una leggera brezza continuava a mietere risposte, mentre si strusciava sul suo viso e sulle sue mani e tra le pieghe della giacca. Si ricordò che da bambino era andato a correre in uno strano luogo, non troppo lontano dalla casa. Era pieno di tombe. Tumuli, testimoni di un antico passato. Gli venne alla mente che allora, per ben due notti, non riuscì a dormire, tormentato da quelle sculture che lo scrutavano, sorridendogli.

Ora, in quella oscurità, uguale a tante altre, si sentiva nuovamente scosso, come se quei lampi nel cielo lo avessero fatto rimpiombare nel passato, dove i rapidi sorrisi delle stelle lo scrutavano con cupidigia.

La mattina arrivò presto e con lei il dottore. Il professore lo vide arrancare su per la collina.

Nonostante la giovane età, saliva piano, mantenendo un ritmo costante.

Lui si era destato presto e senza svegliare nessuno.

Per sentirsi un po' più leggero, aveva fatto una lunga camminata, per poi tornare e contemplare la placida campagna, seduto fuori dall'uscio di casa su una sediuccia di vimini, dove ora era testimone dell'arrivo a passi lenti del dottore.

Quando lui gli fu vicino gli urlò: «Buongiorno, dottore, non l'aspettavo così presto».

«Buongiorno a lei, professore. Mi è saltato un appuntamento stamani e ho pensato che forse non sarebbe stata cattiva l'idea di anticipare di un'oretta la mia venuta. Spero che siate tutti già in piedi.»

«Io da diverso tempo, in realtà. Venga, le offro un caffè.»

Il dottore lo raggiunse e, con il fiato corto, entrò in casa.

«Ho appena macinato i chicchi. Si serva pure» gli disse il professore, offrendogli dei soffici panini. «Io vado a chiamare Maria. Lei si sieda e faccia come se fosse a casa sua.»

Poi salì le scale, avviandosi verso la porta della madre di Fabio. Era chiusa. Bussò due volte, senza ottenere risposta. Bussò una terza, ma nessuno rispondeva. Allora si mosse verso la stanza del ragazzo e aprì leggermente la porta per dare una sbirciata all'interno. Il letto era vuoto e sfatto. Varcò la soglia, quando Athos gli piombò addosso riempiendolo di baci.

«Calma, calma. Dov'è andato?»

Inseguito dal cane andò di nuovo a bussare da Maria e dopo non aver ricevuto ancora risposta decise di aprire la porta. Con grande imbarazzo strinse la maniglia e ad occhi bassi entrò nella stanza. Quando li sollevò, con sua gran sorpresa, vide che la camera da letto era vuota.

Di Maria non vi era alcuna traccia.

«Dove diavolo sono finiti?» mormorò, scendendo le scale e incrociando gli occhi vivaci del dottore che lo fissavano, mentre teneva in mano la tazza del caffè ancora piena.

«Non so che dirle, dottore.»

«Sta bene, professore? Che cos'è successo?»

«Le stanze sono vuote.»

«Vuote?»

«Sono andati via.»

«Perché?»

«Non ne ho la più pallida idea.»

«Magari stanno facendo una passeggiata.»

«Però c'è Athos.»

«Athos?»

«Lui non si separa mai dal suo cagnolino.»

«Ah, capisco, Athos è il cane.»

«Non so che dirle.»

«Be', non si preoccupi, di certo non sono scomparsi, forse sono andati al paese.»

«Però ieri sera avevo avvertito Maria del suo arrivo.»

«Se ne sarà dimenticata. Non si crucci troppo. Può succedere.»

«Devo darle qualcosa per il disturbo?»

«No, no, lasci perdere, nel mio lavoro qualche volta è gratificante non curare troppo. E poi mi sono fatto una bella passeggiata che mi farà solo che bene. Ho messo un po’ di chilogrammi di troppo in questi ultimi mesi.»

«Mi spiace di averla fatta venire qui senza motivo.»

«Lasci perdere le scuse. Sarà per la prossima volta.»

Poi si avviò verso l’uscita e, salutato dal professore, si spinse giù per la collina.

Lo vide placidamente scendere trotterellando, mentre ondeggiava a destra e a sinistra la sua borsa da lavoro, gettando occhiate in giro per ammirare il panorama. Vestito con un pantalone beige e un panciotto color marrone, che faceva risaltare una camicia bianca come il latte, sembrava proprio immergersi in quel panorama, dove tra nuvole grassocce e bianche e campi rigati da terra arata e ripide pendenze di brune colline, camminava confondendosi con la natura circostante, mentre lasciava nel suo cuore l’incertezza del momento.

Dove sono andati? Pensò fra sé, risedendosi esausto sulla sedia su cui poco prima aveva avvistato il dottore, rimanendo ora ad osservarlo, mentre spariva all’orizzonte coperto dai declivi di quella terra.

Ritornò in casa, dove vide sul grande tavolo della cucina, vicino alla tazza del caffè del dottore, la fotografia che Maria gli aveva mostrato la sera prima. La prese in mano, cercando di ricordarsi chi fosse quella donna, ma per quanto si sforzasse, proprio non ci riusciva.

Improvvisamente, dall'uscio entrarono Maria e il bimbo, ridendo felicemente, con in mano un grande cestino stracolmo di fiori di campagna.

«Buongiorno, professore. Come sta? Dormito bene?»

Lui li osservò, quando un leggero capogiro gli fece perdere un po' i sensi.

«Professore! Fabio corri a prendere un bicchiere.» Mentre lei da un'angoliera in cucina prendeva una bottiglia.

«Prenda un bicchierino di grappa. Le farà bene.»

Lui lo bevve tutto d'un fiato, sentendosi decisamente meglio.

«Dove siete andati? Stamani arrivava il dottore per Fabio. Non ve lo ricordavate?»

Maria sbiancò in viso.

«Me ne ero completamente dimenticata. Ho svegliato presto Fabio per andare a raccogliere dei fiori da essiccare.»

«Abbiamo fatto proprio una bella figuraccia con il dottore, che si è preso la briga di arrivare fino a qua.»

«Mi scusi. professore, ma mi è proprio scappato di mente.»

Il liquido gli correva giù per la gola, infiammandogli lo stomaco.

«È grappa di vernaccia?»

«Sì. Una buona bottiglia.»

«Sì, proprio buona. Mi sento meglio.»

Si alzò e si diresse verso il ragazzo, scostandogli i capelli.

«Poi mi dici come hai fatto a guarire così presto.»

Il ragazzo corse su per le scale, per poi scendere, porgendogli un libro con una pagina aperta.

«Guarda! Questo mi piace.»

«Davvero? Fammi vedere.»

Un'illustrazione ben fatta. Argo, il cane di Ulisse, riconoscendo che davanti a sé vi era il padrone e non il vecchio mendicante, scodinzolava all'amico ritrovato.

«Ti piace questa scena? Dove hai trovato questo libro?»

«In quella libreria là.»

«Ah. Non mi ricordavo che ci fosse anche l'Odissea.»

Guardò la vecchia libreria che suo padre aveva regalato alla moglie.

«E il libro che ti ho donato invece io, dove lo hai messo?»

«In camera.»

«Non ti piaceva?»

«No, ma ho già guardato le immagini.»

«Ti sono piaciute?»

«Sì.»

Poi prese il libro che il ragazzo gli stava porgendo.

«Sì, hai ragione, una scena commovente.»

Il cane, insieme alla nutrice, riconobbe Ulisse, ma se chi l'aveva cresciuto si accorse di trovarsi davanti al re di Itaca per una ferita sul suo corpo, il cane, invece, lo riconobbe solo per la sua anima. Anima e corpo, una notevole differenza, pensò il professore fra sé. Si girò verso Athos, che gli scodinzolava, mentre Fabio era uscito con un pallone.

Maria si mise a preparare il pranzo, mentre a lui ritornò alla memoria l'immagine del giovane dottorino, che camminava arrancando su per la collina, nella luce calda della mattina.

La giornata passò tranquilla, senza troppi clamori, mentre il professore, sentendosi decisamente stanco, si era seduto fuori, contemplando il paesaggio e le nuvole che correvano lungo il cielo, aspettando quel settembre che di lì a poco sarebbe arrivato e con esso il suo ultimo anno di insegnamento.

Fabio stava correndo come sempre su e giù per la collina, portandosi appresso il piccolo Athos.

Non c'erano momenti in cui non si perdesse a osservare il ragazzo. La gioventù così invidiata, ma così bella da vedere, l'energia e la volontà racchiuse in un unico spazio. Quello spazio che aveva preso la forma di quella bianca casa e di quelle colline, che verdi e selvagge come la giovinezza dispiegavano il loro canto. La giovinezza, tra corse e tuffi negli stagni e raccolte di erbe e funghi; mentre per i più vecchi, inesorabilmente, l'energia del corpo sferzato dal tempo si affievoliva e così rimaneva solo di osservare alberi solitari contare gli anni.

Sarebbe stato il suo ultimo anno di insegnamento, l'ultimo anno in cattedra. Avrebbe lasciato la dolce Siena, con le sue viuzze trafficate di negozi, la gente delle borgate, il palio, il sudore, il nitrire dei cavalli, l'urlo liberatorio, le chiese tintinnanti. L'avrebbe lasciata per immergersi ancora nell'ignoto, dove le strade lastricate lasciavano spazio ai campi e gli sguardi della gente si tramutavano in un incantato paesaggio senza mura. L'avrebbe lasciata e di questo era certo, ma ora, come si era ripromesso, doveva riferirlo a Maria e al bambino.

Tornò a casa. Entrò dalla soglia, trovando la madre seduta al tavolo a osservare la foto.

«Oh, mi scusi, professore.»

«Non si scusi Maria, mi sono dimenticato di riporla nella mia stanza.»

«Sa, ho pensato a lungo a questo ritratto.»

«Perché, se posso osare chiedere?»

«Quella donna.»

«Capisco.»

«Quanto era bella.»

Lui si avvicinò e le si sedette accanto.

«Sì, molto bella.»

«Si è ricordato chi fosse?»

«Cosa?»

«Chi fosse.»

«Proprio no, mi dispiace.»

«Che peccato! Mi fa così pena.»

«Come mai?»

«Ha uno sguardo così triste.»

Non l'aveva notato prima, ma ora, osservandola meglio, si rese conto che Maria aveva ragione.

Mentre i suoi genitori guardavano dritti verso la macchina da presa, la ragazza discostava lo sguardo, rivolgendolo timidamente più a destra. Sembrava molto triste, in contrasto con l'appariscente vestito che indossava in quel momento.

In quell'attimo entrò in casa Fabio correndo.

«Mamma, ho fame.»

«Aspetta, fra poco sarà pronta la cena.»

Il professore si ritirò in camera, portandosi dietro la foto con sé, con la profonda sensazione di aver dimenticato qualcosa di davvero importante.

6

I restanti giorni delle vacanze estive passarono molto velocemente, scontrandosi con ciò che il settembre avrebbe riportato.

Alla notizia che sarebbe stato il suo ultimo anno e che dalla prossima estate sarebbe ritornato a vivere stabilmente alla casa bianca, Maria e il piccolo Fabio furono entusiasti, prodigandosi subito a trovare una sistemazione per gli oggetti, che fra libri e mobili, il professore avrebbe portato con sé da Siena. Fu una notizia lieta, e lieta fu l'atmosfera quando lui si vide per l'ultima volta partire in direzione della città.

Si erano dati con Luigi un appuntamento al solito posto per andare in paese, dove il professore avrebbe preso la corriera.

Un altro anno, un rapido acquazzone per rinascere in una nuova veste. Quella da pensionato, dove avrebbe passato il resto dei suoi anni nella vecchia casa di famiglia.

Luigi lo salutò come sempre, mentre il professore entrò nel furgoncino.

«Buongiorno, professore.»

«Buongiorno, Luigi.»

«Si ritorna a scuola.»

«Sì. Si ricomincia.»

«Anche le mie bimbe stamani hanno ripreso le loro attività, ma solo la più piccola è andata a scuola, la più grande è rimasta a casa.»

«Come mai?»

«È ora che cominci ad aiutare sua madre» rispose duramente.

«Capisco.»

«Professore, volevo farle le mie scuse.»

«Per cosa?»

«Per il Ferragosto.»

«Cosa era successo Luigi?»

«Mia moglie ha trovato la figliuola più grande con un ragazzino e sa le voci corrono.»

In quel paese, stretto tra il tempo che sembrava essersi addormentato, tra i campi arati e le case dal dolce e sapido sasso, dimenticato dalla modernità, sembravano ancora stendersi abitudini antiche.

Abitudini che lui, trasferitosi in città, aveva dimenticato.

«Non si deve scusare. Sono giovani, ecco tutto.»

«Eh, professore, lei è di città, oramai.»

Il paese era in vista e il furgoncino continuava a macinare strada.

«Luigi, un po' mi mancheranno questi nostri viaggi.»

«In che senso, professore?»

«Questo sarà il mio ultimo anno di insegnamento.»

«Non mi dica.»

«Eh sì, doveva capitare» rispose sorridendo.

Arrivarono alla consueta fermata.

«Stavolta mi può anche portare fino in paese.»

«Sicuro.»

Le situazioni erano cambiate dopo il Ferragosto passato in fiera, non aveva più intenzione di nascondersi e, dopotutto, aveva tempo prima del passaggio della corriera e anche voglia di un caffè.

«Saluti, Luigi, ci vediamo al mio ritorno.»

«Arrivederci, professore, passi un bell'anno.»

Si avviò, superando gli archi delle case, entrando nel cerchio della piazzetta, dove, stretta dalle abitazioni, era racchiusa una piccola fontanella. Si diresse verso il bar, incontrando quella scorbutica barista che anni prima aveva trattato malamente la dolce Maria e il piccolo Fabio.

«Buongiorno.»

«Buongiorno.»

«Un caffè prego.»

«Subito.»

Bevve lentamente l'espresso, guardandosi attorno.

Il brusio dei primi avventori del bar, il chiacchiericcio delle signore affacciate dalle proprie finestre, il lento scorrere della vita che da lì a poco sarebbe ripresa, in contrasto con i campi.

Là dove la zappa o l'aratro erano già luccicanti di sudore e dove il lieve muoversi della terra per l'effetto di timidi animaletti faceva eco ai danni che, la sera precedente, i grossi cinghiali avevano portato tra le colture.

Tutto si svolgeva come ogni mattina, mentre molto lentamente lui sorseggiava il suo caffè.

L'ora della partenza era ormai prossima e dopo aver pagato il conto alla cassa si diresse verso la fermata.

La corriera arrivò puntuale.

Quello sarebbe stato il suo ultimo viaggio verso la città, eppure non voleva pensarci troppo.

Durante il percorso i suoi occhi cadevano costantemente sui prati, che timidamente erano ancora tinti da fiori, case arroccate o sperdute che si illuminavano alla sua vista, come se volessero fargli sapere che avrebbero sentito la sua mancanza. Eppure la decisione era stata presa. I ricordi si accavallavano in placidi momenti.

Lo schienale leggermente imbottito, ma caldo, lo sfrigolio delle marce, il rombo del motore, l'odore denso dello scappamento che, a finestrini abbassati per la calura, si infiocchettava con i tratti di polvere che la corriera attraversava.

A volte si chiedeva quanto sarebbero durati questi luoghi, dove sembravano ancora vivere vecchie divinità, strette nell'immortale abbraccio rigoglioso di una vegetazione infinita.

Quanto sarebbero durati? I vecchi ritrovi, le professioni artigiane tramandate di padre in figlio, le tradizioni, i piatti che avevano fatto storia in quei luoghi e gli usi e i costumi che lentamente vedeva scemare, decantare, come uno sfavillante tramonto prima di ricadere al di là di un confine sconosciuto.

Lui non riusciva a capire, forse perché ormai era vecchio. E vedeva in quel viaggio solitario un addio a quei tempi, una serenata a quello che erano stati, alle sue ultime pacate passioni e a una maturità intinta da molteplici preoccupazioni.

Dedito al lavoro, al rispetto, allo studio. Maestro per scelta e per vita. In quel momento si ricordò di una frase che citava spesso ai suoi alunni più grandi, di Marco Aurelio: "Ricordati questo, c'è un'adeguata dignità e misura da osservare nell'esecuzione di ogni atto di vita".

I pensieri correvano, mentre osservava la

strada che frettolosamente scivolava via, portandolo sempre più vicino alla città. L'incanto della quiete, man mano che ci si avvicinava a Siena, veniva travolto. Le macchine, i motorini, i camion, le costruzioni di nuovi edifici più moderni, e poi da lontano la città e il suo campanile, la Torre del Mangia di Piazza del Campo, che spiccava in alto quasi volesse sorreggere il mondo intero.

Questo sarebbe stato il suo ultimo anno, da viverne all'interno, al caldo del suo grembo, protetto da una storia che si riusciva quasi a respirare camminando per le sue vie, parlando con la sua gente. Un popolo forte e fiero, dove il cuore e la città diventano una cosa sola.

La mattina seguente si diresse dal notaio, dove redasse il suo testamento. Avrebbe lasciato tutto al piccolo Fabio, ma solo al compimento della maggiore età. Fino a quel momento, sua madre sarebbe stata il tutore del patrimonio. Patrimonio che si andava a costituire di qualche buono dello Stato, di qualche migliaio di lire sul conto, e che si sarebbe rimpolpato successivamente, dopo la vendita del suo piccolo appartamento a Siena prima e in seguito al lascito della casa bianca poi.

Non aveva nessuno, né figli, né parenti e anche se ci fossero stati era stato come non averli.

Si era sempre chiesto che fine avrebbe fatto una volta fattosi vecchio. Pensieri che aveva sempre trascurato, immergendosi nello studio e nel lavoro. Ora, però, l'idea di invecchiare non più solo nella sua vecchia casa era una sensazione che non gli risultava alcunché sgradita. Partecipe della grande ruota della vita. Una ruota che lo aveva fatto nascere tra la natura e che alla fine l'avrebbe riportato ad essa.

Camminava molto velocemente per le viuzze, dopo aver sbrigato tutte le faccende riguardanti l'eredità, fino a quando, quasi per caso, raggiunse una piazzetta. Vi era stato molte volte, come tutti in città, ma in quel momento gli parve come se la vedesse per la prima volta. Si trattava di piazza Tolomei, il luogo in cui la bellissima facciata neoclassica della chiesa di San Cristoforo suggellava un patto di fede con un altro edificio opposto a lei, il palazzo dei Tolomei, appunto, guardato questo dalla chiesa e da San Bernardo e Beata nera Tolomei.

Osservando, quasi rapito, quell'elegante edificio dipinto da una grigia e scura pietra gli parve volergli rivelare qualcosa che, tuttavia, in quell'istante non riusciva a comprendere. Quante volte nel suo passato aveva camminato con gli occhi e con il cuore sulle sue mura, quante volte si era lasciato sopraffare da un bicchiere di vino, quando la contrada in festa anelava alla volontà di vittoria? I suoi occhi fissarono quasi increduli la struttura, finché una voce non lo fece trasalire.

«Buongiorno professore.»

Era il preside del suo istituto. Sui quarant'anni, occhiali spessi e una buona dose di esperienza in materie scientifiche.

«Buongiorno, preside.»

«È pronto per ricominciare?»

«Sì, certamente.»

«Allora è proprio sicuro di lasciarci?»

«Penso proprio di sì. Dopotutto ho superato abbondantemente la soglia dell'età pensionabile. È ora di lasciare il mio posto a un giovane.»

«Penso che mancherà ai suoi allievi e a tutto il corpo docente.»

«Mi mancherete anche voi.»

«E quindi che progetti ha per il prossimo futuro? Qualche hobby tralasciato dai troppi doveri?»

«Un progetto c'è, signor preside.»

«Capisco...»

Poi rivolse il suo sguardo all'antica facciata del palazzo Tolomei.

«Bello, vero? Non ho potuto non notare che lo stava ammirando.»

«Sì, è molto bello.»

«Forse intriga così tanto anche per la sua storia. La povera Pia.»

Il professore socchiuse gli occhi, la vista offuscata dagli ultimi caldi raggi solari di un sole che, di lì a poco, sarebbe stato mitigato dalle brezze autunnali.

«La prima volta in cui sono stato trasferito dalla mia città natale, Torino, qui a Siena, questo è stato il primo posto che sono venuto a visitare, persino prima di Piazza del Campo. Penso per la storia, per il passo di Dante. Si ricorda, professore? Ricordati di me... così diceva la povera Pia de' Tolomei al sommo poeta, prima che lui la lasciasse di nuovo nel Purgatorio. Ricordati di me. Bellissimo palazzo, che però mi rammenta sempre il terribile accaduto. Povera Pia, uccisa da suo marito. Tragico, non trova, professore?»

Lui rimaneva in silenzio, osservando la facciata che, grigia, si dissolveva nell'atmosfera, tra il brusio della piazza e le concitate voci senesi.

«Professore?...»

«Mi scusi, ero sovrappensiero.»

«Allora ci vediamo domani a scuola» disse lui, osservandolo curiosamente.

«A domani.»

La piazza si stringeva attorno al suo sguardo, mentre ricominciò a camminare.

Si diresse verso casa, erano le prime ore del pomeriggio. L'indomani avrebbe partecipato per l'ultima volta al primo giorno di scuola. C'era qualcosa nell'aria, di febbricitante: come se la città nascondesse un enigma nel suo grembo.

Una risposta si suggellava, tra la sua mente e il cuore, anche se quei momenti dimenticati stridevano in una musica, che la sua anima non voleva ascoltare. Inciampò in una buca cresciuta nella storia, tra una pietra e l'altra della pavimentazione della via.

Fra poco sarebbe arrivato a casa, avrebbe salutato la signora Nella in portineria e si sarebbe ritirato nel suo appartamento, per prepararsi al giorno seguente. Quelle ore perse, tra il regno della luce e quello dell'oscurità, sarebbero scemate velocemente con le pagine di un buon libro e con in mano una tazza di tè.

Sentiva il bisogno di raggiungere il più presto possibile il suo rifugio, perché dentro di sé aveva la sensazione che qualcosa stava per accadere. Ripensò al piccolo Fabio.

Appena arrivato gli avrebbe scritto una lettera.

Nella sua mente apparve la casa bianca, irritata da una grande brezza. Le persiane sbattevano sulle finestre, come bocchette di una nave, pronte per scatenare i cannoni sulla pianura. E lì, in mezzo alla furia, il piccolo con la sua cascata di riccioli e il suo compagno peloso, e quel suo sguardo enigmatico pronto a nascondergli le sue prossime marachelle.

La collina immersa nell'atmosfera tonante dell'irrequietezza della storia, là dove a volte la fantasia sconfina con il vissuto e dove gli uomini traggono i loro ricordi.

Un tintinnio celere di una bicicletta lo riportò alla realtà. Si girò e vide un giovane pedalare convulsamente e sfrecciarli accanto. Si spaventò, non per lo spericolato, ma perché dietro a un angolo vide un'ombra che lo inseguiva.

Raggiunse velocemente il palazzo dove aveva preso casa. Non salutò la portinaia e si chiuse nell'appartamento. Da dietro una finestra, che dava alla strada, scansò la tenda per vedere se quella persona lo avesse inseguito fin lì. Non c'era nessuno. Ed ora non aveva la più pallida idea di cosa fare.

7

L'anno proseguì tranquillo, finché non arrivò il tempo dell'estate. Preparò le sue valigie e uscì dal suo appartamento. Non ci sarebbe più ritornato.

Si tuffò nel traffico cittadino, camminando veloce. Aveva salutato i suoi alunni, congedandosi dalla sua vecchia vita, e ora era rivolto tutto al futuro, almeno fino a che non si imbatté nel "Facciatone" e nella sua gotica bellezza. La facciata di quello che sarebbe stato il Duomo, se la peste non fosse venuta a togliere ciò che c'era di grandioso in quel progetto. Una facciata e un'idea che, spoglia dall'azione, rimaneva in piedi, proprio come uno scherzo, ma che impetuosa dominava la scena.

Una costruzione ardita, proprio come non era stata la sua vita, che modellandosi in progetti più tranquilli non era riuscita a vincere sulla gravità, posandosi, invece, sui suoi semplici passi.

E allora che cos'era rimasto? Un conto con dei soldi e una pensione imminente.

Se non ci fosse stata la sua casa bianca, selvaggia e libera sulla collina, si sarebbe sentito perso. Smarrito, proprio come ora si trovava in quella città e da dove voleva al più presto fuggire.

Per tutto l'anno si era sentito tormentato da quella figura, da quell'ombra che lo aveva seguito il giorno in cui aveva fatto ritorno a Siena. Non l'aveva più rivista, anche se a volte, nelle scure e precoci notti d'inverno, aveva avuto l'impressione di notarla, magari appoggiata a un lampione, oppure sui gradini di una chiesa. Ma poi scopriva che erano figure reali, come quella di un giovane appoggiato al lampione intento a fumare, oppure come quella di un uomo ubriaco, seduto sul sagrato della chiesa per riposare.

Non voleva ammetterlo, ma aveva avuto per tutto l'anno paura, quella paura che si stava dissolvendo ora nelle prime giornate di giugno, in un caldo e confortevole sole, che in quell'istante gli illuminava il viso.

Sarebbe partito la mattina seguente.

La scuola era finita già da almeno dieci giorni, che lui aveva speso per definire le ultime cose. Si era affidato a dei conoscenti per farsi spedire i pochi mobili scelti per accompagnarlo nel suo ritiro, mentre i restanti li aveva donati. Il grosso delle valigie sarebbero anch'esse state spedite, mentre lui si sarebbe portato solo lo stretto necessario da viaggio.

Ormai era pronto e quella sera si sarebbe diretto per l'ultima volta nella sua trattoria preferita di Siena, dove avrebbe ordinato il suo piatto più amato: la ribollita. Non tutti sanno come farla e lui l'aveva trovata perfetta in questo piccolo cantuccio, non troppo lontano da piazza della Quercia. In quel gesto stava salutando tutto ciò che aveva conosciuto, le serate da giovane con le prime amicizie, i teatri e il primo bacio con la donna che il suo cuore non aveva mai dimenticato. Ora lei si trovava a Firenze, sposata con un fornaio. Quella sera avrebbe brindato anche a lei.

Aveva dormito per tutto il viaggio in corriera, sollazzato dall'idea che d'ora in avanti non avrebbe più dovuto svegliarsi presto, anche se sapeva che ormai era sua abitudine destarsi alle cinque di mattina.

Le costruzioni cittadine e i loro ricordi se li era lasciati già alle spalle, testimoni di mani operose intente nel progresso. La natura aveva ripreso il suo posto principesco e, come un grande direttore d'orchestra, ora dirigeva la sua sinfonia in note verdeggianti, che, splendide, facevano da sfondo a fiori cesellati in arbusti e cespugli, come antiche gemme, brillando alla luce da occhi indiscreti.

Contento si era addormentato, lasciandosi cullare da soffici profumi, che timidamente e diffusamente entravano attraverso il finestrino leggermente abbassato.

Il tepore del sedile, scaldato dal sole, gli leniva gli acciacchi tipici della sua età, permettendogli di sonnecchiare, fantasticando e immaginando di tornare bambino, proprio come il suo cuore era rimasto, mentre invece gli altri frammenti del corpo, invecchiati, richiedevano cure, che la sua anima non voleva fornire.

In quel momento un simpatico cicaleccio di due signore, che occupavano il posto dietro al suo, lo svegliò delicatamente. Parole che lo portavano attraverso un viaggio, fatto di lenzuola profumate e sformati di uova e verdure, di campi in semina e cuori arditi. Aveva sempre amato queste donne indomite in prima linea, in un mondo fatto di uomini.

La corriera lo portava attraverso piccoli paesini, salendo su per le colline in direzione di casa.

Richiuse gli occhi e la immaginò, bianca come la spuma su un mare verdeggiante, battagliera e romantica come un quadro. Era casa sua e lui sarebbe ritornato per restarci. Pensò a Maria e al piccolo Fabio e a come lo avrebbero accolto. Aveva comprato loro dei regali. Un aeroplanino per il piccolo e un'elegante penna per la madre. Era felice, soprattutto perché, per la prima volta nella sua vita, si sentiva capito o, meglio ancora, aveva compreso, in fondo al cuore, di aver riscoperto finalmente cosa voleva dire la parola casa.

La corriera arrivò in perfetto orario. Scese dal mezzo, che incessantemente ricominciò a macinare strada, riportando altri cuori verso le proprie mete.

Ad aspettarlo c'era Luigi, con il suo furgoncino, che gli si faceva incontro salutandolo.

«Buongiorno, professore, fatto buon viaggio?»

«Sì, Luigi, proprio splendido.»

«Sono contento per lei. Venga, le prendo io queste.»

Prese le sue due piccole valigie, il suo essenziale, e le caricò nel furgoncino

«Venga, la riaccompagno a casa. Allora come si sta in pensione?» domandò, mentre accendeva il motore.

«Devo dire che si sta bene.»

Il furgoncino partì, inghiottendo una parte della sua risposta.

L'amico sembrava serio, diverso, meno incline allo scherzo e molto più concentrato sulla strada.

«Tutto bene, Luigi?»

Lui si girò e rispose sorridendo: «Tutto bene, professore. Sono solo un po' pensieroso. Non si preoccupi».

La strada scivolava senza attriti, anche se piccole pietre a volte si incastravano per alcuni secondi nei battistrada, per poi venire immediatamente spedite, come proiettili, lontano, al di là della carreggiata polverosa.

Il viaggio continuò in silenzio, brevemente interrotto da qualche occasionale novità sulla semina o sul raccolto o su qualche vite che ormai si era ammalata. Finché non arrivarono al solito punto che fungeva da ritrovo.

«Luigi, ci ho riflettuto e stasera ne parlerò a Maria, ma penso che questa estate, se ancora è d'accordo, le manderò il piccolo a imparare. Che ne pensa? È ancora dell'idea?»

Il contadino rimase in silenzio, guardando fisso il volante. Poi, accennando un sorriso, rispose: «Certo, professore, perché no. Questi fanciulli devono imparare le nostre tradizioni».

«Ha perfettamente ragione.»

Poi scese dal furgoncino.

«Allora le faccio sapere. Grazie ancora del passaggio e saluti la signora e le bimbe, mi raccomando.»

«Arrivederci, professore.»

«Arrivederci, Luigi.»

Poi si avviò, camminando molto lentamente su per il sentiero, che lo avrebbe finalmente riportato a casa.

Raggiunse l'abitazione senza troppa fatica, nonostante portasse con sé due valigie contenenti i due regali.

Quando fu molto vicino alla soglia, urlò: «Maria, Fabio sono tornato!» ma nessuno rispose.

Allora arrivò alla porta, mise a terra le due valigie e provò ad aprirla. Era chiusa e chiuse erano anche le inferriate delle finestre. Non riusciva a capire. Prese dalla sua tasca le chiavi di casa e aprì. Il silenzio lo avvolse, mentre un soffio d'aria entrò nella casa chiusa. Si diresse verso le scale. Non udiva nessun rumore, appoggiò le valigie per terra e si avviò verso le loro stanze.

«C'è qualcuno?» ma nessuno rispose.

Una vuota sensazione di presenza permeava l'abitazione. Come se il tempo, fermatosi, avesse cristallizzato ogni suppellettile, rendendo la casa spettrale.

«Fabio, Maria!», nessuno rispose.

Athos, il cagnolino, spaventato, salì le scale ruzzolando ai suoi piedi.

«Che ci fai qui? Dove sono finiti tutti?» lui però non poteva rispondergli. Scodinzolava solamente. Aveva fame.

«Vieni, ti preparo qualcosa» gli disse, dopo aver constatato che dentro a ogni stanza non c'era proprio nessuno.

Si erano portati via tutto. I loro bagagli, le loro lenzuola e i loro vestiti.

Accese la cucina con fornello a legna e incominciò a preparare un po' di carne macinata per l'amico peloso, chiedendosi ancora il perché dell'improvvisa scomparsa di madre e figlio.

Lo avevano abbandonato e proprio non riusciva, per quanto si sforzasse, a capirne il motivo.

Diede la pappa al cane e si diresse fuori. Una bella giornata stava accarezzando il mezzodì, mentre molto lontano delle piccole nubi si stavano avvicinando. In quel momento gli sembrava tutto così assurdo. Forse si erano spaventati? Non volevano vivere con lui? O forse l'idea di Maria di mesi addietro si era poi concretizzata, senza nessun avvertimento?

Molte domande che non trovavano risposte si addensarono nella sua mente. I cipressi, che scendevano arroccati per le colline, erano testimoni del suo turbamento, un turbamento che non portava altro che una crescente irrequietezza, che cercò di spegnere con qualche bicchiere di chianti.

La sera arrivò presto e con essa le stelle che fluttuavano, prive di una gravità pensante, all'interno della volta celeste. Uno stridio lo fece sobbalzare, mentre era intento a versarsi l'ennesimo bicchiere. La casa era spoglia e il grosso tavolo decantava la sua storia, attraverso le fibre della sua essenza. Un'essenza ormai logorata da buchi o tagli di maldestri coltelli.

La sera era arrivata e con essa la notte. I grilli smisero di cantare, mentre un predatore volava indisturbato nel suo regno. Un denso strato di oscurità sigillava la casa dal di fuori, arrivando persino a toccare il suo animo. Bevve l'ultimo bicchiere, avviandosi a letto.

L'indomani si sarebbe svegliato e avrebbe provato a sbrogliare questo nodo della matassa. Dove erano finiti? Un altro stridio si fece sentire, mentre chiuse gli occhi lasciando al popolo della notte i suoi sogni agitati.

Il ricordo della nottata si protrasse per tutta la settimana seguente. E visto che la casa suonava vuota, decise di dirigersi verso il paese. Forse avrebbe avuto qualche notizia della loro scomparsa.

Era a metà strada, quando una voce lo distolse dai suoi cupi pensieri. Il dottore, in motorino, lo salutava.

«Buongiorno, professore» gridò, accostandosi a lui e spegnendo il motore. «Allora, finalmente in pensione. O perlomeno così in paese si vocifera.» Evidentemente il buon Luigi si era lasciato scappare la sua confidenza.

«Buongiorno a lei, dottore. Sì, certo, anche io da più di una settimana sono entrato nella schiera dell'esercito dei pensionati.»

«Beato lei, a me manca un bel po'.»

«Bel motore.»

«Dice? L'ho appena comprato. Nelle giornate estive è più facile raggiungere i pazienti, e poi è più divertente.»

«Lo vedo.»

«Professore, non ho voluto disturbarla, ma devo farle una confidenza.»

«Dica.»

«Sono passato spesso a casa sua questo inverno e poi in primavera, forse più per curiosità che per lavoro.»

«E come mai? Se posso chiedere.»

«Sa, ho pensato di far visita alla signora e al piccolo. Solo per cortesia, si intende. Si ricorda? Il non aver trovato a Ferragosto il bimbo mi aveva preoccupato e quindi ho pensato di ritentare, più che altro per conoscere la signora.»

«Capisco.»

«Una donna sola in questi luoghi isolati… Non mi pareva tanto sicuro.»

«E quindi? Venga al dunque, dottore». Era irritato.

La gente del paese, conoscendo la sua scontrosità, lo aveva lasciato in pace in questi ultimi tre anni in cui era ritornato. E il fatto che avesse invitato a casa sua una giovane signora con il suo bambino, per come la vedeva lui, non doveva interessare a nessuno. Tanto più a quella gente che quando suo padre era scomparso non aveva mai fatto nulla per aiutare lui e sua madre, lasciandoli soli, con i conti da pagare e la cena da mettere in tavola.

Ora vedeva in quel dottorino l'erede di quelle persone, che senza motivo irrompevano scortesemente nella sua vita.

Il dottore si pettinò i capelli, guardandolo di sottecchi.

«Ecco, le volte in cui ci sono andato ho sempre trovato la casa chiusa e nessuno che l'abitava. Quindi mi chiedevo se lei ne sapesse qualcosa.»

In quel momento decise di mentire.

«Sono venuti con me a Siena, dovrebbero ritornare fra un paio di giorni.»

«Ah, ecco. Che sciocco che sono» rispose, sorridendo a trentadue denti. «Ne sono felice.»

Accese il motorino.

«Allora, se non è di troppo disturbo, mi chiedevo se, fra due o quattro giorni, potrei farvi visita. Così avrò il piacere di conoscerli!»

«Certo, venga pure. Si ritenga già invitato.»

«Grazie, professore. La saluto. Ho delle visite. A presto.»

Poi accelerò e con il suo trabiccolo si infilò nuovamente in strada per poi, poco dopo, scomparire.

Il professore era ancora a metà percorso tra il

paese e la sua casa. In quel momento gli era passata la voglia di recarsi al borgo in cerca di notizie riguardanti Maria e il piccolo Fabio e quindi fece dietrofront, avviandosi per i campi.

Avrebbe allungato di certo un po' più la strada, ma in compenso il cuore si sarebbe colmato di bellezza, e nello stesso tempo la sua anima si sarebbe allontanata dalla questione della sparizione della madre e del bambino, cruccio riaffiorato prepotentemente in seguito alla discussione con il dottore.

Solo uno spazio privo di contatti umani avrebbe potuto fargli ritornare quel poco di pace di cui ora aveva bisogno. E quindi decise di inoltrarsi attraverso i verdi prati.

Camminando si ricordò di quando, tre anni prima, aveva portato Maria e il piccino in quella terra. Quanto erano stati contenti... Portarli via dall'umidità del paese e dare loro da scoprire le bellezze di una visuale che si espandeva nell'infinito.

Lui era vissuto in quei posti e capiva perfettamente come possa giovare a un ragazzo crescere libero senza troppi impedimenti o brutte realtà, appannaggio più spesso dei contesti urbani. Qui potevano essere liberi di ritornare a ciò che era antico e bello. Un focolare, un pane caldo e l'immensità del creato. Allora perché erano fuggiti? Perché avevano lasciato la casa bianca per poi scomparire? Queste domande lo tormentavano e ogniqualvolta questi punti interrogativi si ripresentavano nella sua mente, rapide fitte dolorose gli bruciavano l'anima.

Aveva voglia di camminare, persino di correre.

Sfogarsi, sentirsi libero. Via, lontano dai dolori della vecchiaia, via dalle tristi memorie, che i cipressi gli ricordavano. Andare via, tornare a Siena, dove, attraverso mura intrise di storia, avrebbe nuovamente pacificato il suo cuore. Eppure aveva già scelto, aveva scelto di ritornare.

Si fermò sulla sommità di una tenue collina. Il vento faceva muovere i lunghi steli d'erba che, incantati, ballavano con il sole, appena toccati in sommità dai suoi raggi. Un amor profano tra la terra e il cielo, figli di ciò che la bellezza ha contribuito a creare.

Voleva stendersi, gli faceva male il petto, ma un'aria frizzante richiamava le sue narici, attraverso sogni lontani, immagini di vite passate e ricordi ancestrali, rinchiusi in quelle terre.

Ripensò alla sua famiglia, a suo padre e a sua madre, ripensò a un'immagine dell'*Odissea*, trovata dal piccolo Fabio nella libreria di sua madre, e che lui aveva sfogliato la sera appena trascorsa. Telemaco parte alla ricerca del padre. Una bella immagine, che lui, dopotutto, sentiva affine.

Quando suo padre era scomparso aveva sognato per molto tempo di ritrovarlo, un giorno; questo gli accadde soprattutto quando era ancora bambino e poi ragazzo. Sogno che si era trasformato in odio quando, crescendo, aveva notato la fatica che sua madre faceva per guadagnare i soldi necessari a vivere. Ricordava i suoi pianti dimessi, al di là della porta di camera sua, e il suo sguardo triste, imperlato da pensieri cupi.

Aveva odiato suo padre perché li aveva lasciati, perché non li aveva protetti. Eppure, in quell'attimo, dopo tanti anni, pianse per la prima volta.

Vecchio e stanco pianse, immaginando di avere un libro in mano. Un figlio che parte alla ricerca di suo padre.

«Questo padre può meritare di essere cercato?» mormorò, mentre le colline bruciavano nella ruvida terra, infondendo note mute, silenti come il suo cuore.

Il ricordo denso del passato si miscelava ancora, attraverso il suo cuore e la sua mente. Anche quando ritornò a casa e aprì la porta. Il silenzio lo accolse, appoggiò le chiavi sul rozzo tavolo della cucina e con sua grande sorpresa vide la foto che Maria aveva trovato. Lì, nel centro della tavola. Non ci aveva fatto caso la sera precedente. Era convinto di averla lasciata in camera sua, ma ora era comparsa, leggera e delicata come una foglia autunnale, rispecchiando le forme che la pellicola aveva catturato.

La prese in mano e rivide suo padre, il suo sguardo tinto da cupe ciglia e sua madre dolce e spensierata, assieme all'altra donna, triste e appannata, che tentava di distogliere lo sguardo dallo scatto. Per quanto ci avesse pensato, proprio non era riuscito a ricordare chi fosse; ma evidentemente doveva conoscere i suoi genitori.

Stette una buona mezz'ora con la foto in mano, mentre provava per l'ennesima volta a rievocare quella forma, quegli occhi, quel viso, il suo portamento, le mani delicate, ma senza risultato.

Si alzò e si diresse verso camera sua. Erano le prime ore della sera e il sole, molto lentamente, si fletteva nel cielo, preparandosi per il crepuscolo imminente, dove avrebbe celebrato il suo sogno con la sua controparte notturna, prima di lasciarle spazio nel cielo.

La sera passò tranquilla. Le luci si affievolirono, per poi cadere nel buio.

Lui aprì la porta di casa, facendo entrare l'aria calda di quel bollente e strano giugno. Le voci degli animali, che vivevano nell'oscurità, si liberarono negli spazi, strisciando o volando.

Un eco sonoro di un incanto spezzato si propagò nella casa, senza però destabilizzare il suo animo. Non poteva cambiare il cuore delle persone e in quel momento voleva solo intuire i loro pensieri, non per giudicarli, ma più che altro per capirli. Nel corso della sua vita aveva ben compreso una sacrosanta verità: che dopotutto sono le scelte che formano l'uomo e lui di scelte ne aveva fatte ben poche. Aveva deciso di scappare da questi luoghi e ora che anche loro due avevano preso la stessa decisione, non poteva biasimarli.

Sbarrò la porta di casa e si coricò nel suo letto, chiudendo gli occhi. Almeno per qualche ora i suoi pensieri non l'avrebbero tormentato.

La mattina decise di spenderla interamente leggendo. Ora che aveva tempo, aveva deciso di rispolverare tutti i libri che sua madre aveva collezionato nel corso degli anni. Uno scrigno, che celava un desiderio di conoscere, dissoltosi nella precoce decisione di sposare suo padre.

Prese una sedia di vimini e si spostò fuori, godendosi un'altra bella giornata di sole che il giugno toscano amava donare.

«Professore!»

Una voce in lontananza, uscita da una sagoma che lentamente si avvicinava con una bella camicia rossa, risuonò vigorosa e forte, mentre il suo proprietario sventolava una mano temprata dalla terra.

«Luigi?»

«Allora, come si sta sotto il sole con un buon libro?»

«Molto bene, direi.»

«Quasi quasi la invidio.»

«Sta bene?»

«Sì, anche le due figliuole e la moglie stanno bene.»

«Come mai è venuto a trovarmi?»

«Il dottore mi ha riferito che è rimasto solo. Quindi ho pensato che avesse bisogno di compagnia. Più che altro mia moglie l'ha pensato.»

«Capisco. Venga, le offro un caffè.»

Entrambi entrarono in casa e il professore mise sul fuoco la caffettiera.

«Ah, quindi il dottore le ha riferito anche che torneranno.»

«Sì, mi ha detto che l'ha incontrata ieri e che domani la madre e il bambino ritorneranno da noi.»

«Sì, anche se non sono proprio sicuro se domani.»

«Pazienza, l'importante è che ritornino. Non sa il mio sgomento quando questo inverno sono venuto a chiedere alla madre se mi lasciava il figliolo per la potatura invernale dei vitigni. Ci sono venuto due volte e non ho mai trovato nessuno.»

«Ah, è per questo che aveva uno strano comportamento quando è venuto a prendermi?»

«Ecco, ha preso in pieno il mio problema.»

Il caffè rilasciò il suo aroma per la stanza. Da

quanto erano scomparsi? Pensò fra sé e sé il professore.

«Venga, le prendo una tazza.»

«Quindi, quando arriveranno, mi manderà il bimbo?»

«Sì, certo.»

«Ne sono felice, ci sono così tante cose che voglio insegnarli.»

«Bene.»

«Posso farle una domanda, professore?»

«Certo. Mi dica pure.»

Si sedettero entrambi al tavolo.

«Come mai è ritornato? Cioè, qualche anno fa, dopo la morte di sua madre, questa casa era rimasta sempre chiusa. Venendo su per la collina ho provato una sensazione strana a vedere le finestre aperte.»

«Non saprei spiegarglielo, Luigi, forse nostalgia o forse, dopotutto, questa è sempre rimasta casa mia.»

«Passavo in queste zone, quando da bambino venivo a giocare. Mi è sempre piaciuto questo luogo e questa casa, bianca come una nuvola.»

«Un giorno mi ha detto che le ricordava una vela bianca. Ho sempre trovato splendido questo paragone.»

Luigi sorseggiò lentamente il suo caffè. «Le dispiace se l'accendo?» disse, mostrandogli una pipa.

«Prego, faccia pure.»

«Grazie.»

Nuvolette di fumo si alzarono dalla camera d'aria lignea, riempiendo la stanza con un buon profumo.

«In paese si è sempre parlato della sua famiglia.»

«Come mai, se posso chiedere?» anche se conosceva bene il motivo.

«Deve essere stato duro per sua madre cre-
scerla da sola.»

«Certo.»

«Poi seppe mai dove era scappato suo padre?»

Lui rimase in silenzio per un attimo, per poi ac-
cendersi una sigaretta.

«Di questo, Luigi, vorrei evitare di parlare, se
non le dispiace.»

«Si figuri. Mi scusi, professore» rispose il contadino, diventando tutto rosso in faccia. Poi il suo
sguardo cadde sulla foto, che era rimasta ancora
sul tavolo.

«Posso?»

«Prego.»

«È sua madre?»

«Sì.»

«E questo è suo padre?»

«Esatto.»

«E lei?»

Per un attimo una flebile risata scaturì dal professore.

«Non ne ho la minima idea, forse un'amica di
mia madre.»

«Eppure mi pare un viso familiare.»

«Sì? Mi illumini, la prego.»

Lui rimase a fissarla per un attimo ma poi
scansò lo sguardo.

«Niente, penso che sia solo una sensazione.»

«Capisco, ma mi faccia un favore: se dovesse
ricordarsi qualcosa, qualsiasi, me lo venga a dire.

Siamo d'accordo?»

«Certo professore.»

Passarono il resto della mattinata a chiacchierare e a fumare, finché non arrivò l'ora del pranzo e Luigi salutò il professore ritornando a casa.

La sera riportò lui alla mente i suoi lunghi anni come insegnante. In quell'istante pensava che, dopotutto, avrebbe potuto ritornare a Siena. Che cosa avrebbe fatto in queste terre da solo?

Il suono di una musica serpeggiava attraverso l'aria, un concerto di cumuli irrequieti che rigavano il cielo, graffiandolo e rendendolo innocuo. Un sogno a occhi aperti si palesò improvvisamente.

La superficie di uno stagno, l'odore di una donna, lo stelo di un filo d'erba in bocca come una sigaretta, le risate di amici e una bestemmia detta e rimangiata, e la volontà di smettere d'esistere.

Il cielo espandeva la sua cura sulle ferite, mitigandole con il sole in un amplesso cosciente.

Un astro delicato su un corpo vellutato e trasparente. Le nuvole scomparvero, rincorse dal vecchio dio che sbuffava irrequieto, stretto nella sua grotta. E infine il vittorioso canto, tra arancioni delicati e gialli limone. I suoi occhi e la sua mente incisi in un tramonto. Quanti anni erano passati? Forse un'eternità. Corse dentro casa prendendo la fotografia di nuovo fra le mani. Il silenzio lo avvolse, mentre la giornata, come da millenni a questa parte, finì in un cumulo di nera notte.

8

La mattina seguente si avviò verso la fattoria di Luigi. Lo trovò chino su un campo a strappare erbacce.

«Ohilà, professore. Come mai questa visita?»

«Buongiorno, Luigi. Passavo di qui.»

«Venga, le offro un bicchiere del mio vino.»

Entrambi entrarono in casa. L'abitazione, povera allo sguardo, si componeva di un solo piano, dove solidi e caldi mobili di faggio imperavano alla vista. In cucina faceva la sua bella scena un focolare economico, costantemente acceso.

Luigi aprì una credenza, da dove tirò fuori due bicchieri. Uno era scheggiato.

«Venga, andiamo, fuori si sta meglio.»

Si sedettero su una panca che dava le spalle alla casa, ma in compenso si ergeva verso i filari delle vigne.

«Bellissimo» disse il professore, indicando le giovani piante rampicanti su steli di legno.

«Sì, sono parte di me.»

«Lo credo.»

«Non potrei vivere in altro modo.»

Bevvero all'unisono un bel sorso di vino, scaldando i cuori.

«Allora, professore, mi può dire il motivo della sua visita? E non mi dica che è passato di qui per caso. In tre anni non l'ha mai fatto.»

Il professore si aggiustò il capello di feltro che

indossava e accese una sigaretta.

«Luigi, posso farle una confidenza?»

«Certo, professore.»

«Ieri sera, forse, mi è venuto in mente chi potrebbe essere la donna nella fotografia.»

Luigi rimase in silenzio, osservandolo con molta calma.

«Non mi chiede niente?»

«Professore, forse è stato il segno del destino. Perché sarei venuto a trovarla per questo motivo, oggi stesso.»

«Cosa mi vuole dire?»

«Aspetti.»

Poi si avviò all'interno della casa, per uscirne con una fotografia sbiadita dal tempo.

«Tenga, professore.»

Lui la prese in mano, ritrovando la donna che, sorridente, guardava l'obiettivo.

«È lei?»

«Sì. Come ha fatto ad averla?» chiese il professore, sorpreso.

«È mio zio quello della foto. E questo è Arnaldo, il suo amico. E questo è mio padre. Tutti erano innamorati di lei.»

Lui spense la sigaretta, per poi accenderne immediatamente un'altra.

«Ha capito, professore?»

«Sì, ho capito.»

«Quanto era bella, mi pareva di averla già vista e non mi sbagliavo. Questa foto è rimasta in casa dopo la morte di mio padre.»

«Sì, è molto bella.»

La guardava. Il suo sorriso, quei lunghi capelli biondi… A un tratto si ricordò di ogni cosa. Le sue carezze, i doni che gli portava, la sua dolcezza. Ogni cosa ritornò a galla, mostrandogli chi fosse realmente stata.

«Era mia zia. Non so come ho potuto dimenticarlo.»

Luigi prese dal suo taschino la pipa e, caricandola, cominciò a fumare.

«Sono cose che succedono. Visto cosa è accaduto.»

«Sì, è vero, ora mi sovviene nuovamente alla memoria.»

«Scomparì, non è vero? Non si seppe più nulla di lei, se non sbaglio.»

«Mi pare di sì. Ero piccolo, non ho molti ricordi di questo evento. Mi ricordo però bene mia madre, che piangeva e poi...»

«E poi...?»

Lo guardò negli occhi. Le sue mani tozze, lo sguardo fiero e una barba lunga. Corrispondeva proprio al prototipo dell'uomo irriducibile e così intriso di questi luoghi che sa diventare un tutt'uno con la terra.

«Niente, solo una sciocchezza che mi è passata per la mente.»

Luigi sbuffò nuvole di fumo dalla sua pipa, osservando i suoi filari.

«Alcune di quelle hanno l'età di mio nonno. Lo sa?»

«Veramente?»

«Sì, è incredibile. A volte penso che tutto il lavoro, le mie mani sciupate, le mie preoccupazioni, vengano tutti ripagati nel mio rapporto con loro. Voglio dire, quando io andrò dal signore qualcosa di me vivrà. Come è stato con mio padre e, prima di lui, con mio nonno. Per questo spero che il mio lavoro continui. Però ho due bimbe ed è difficile, ma prima o poi si sposeranno. Anche se penso, tuttavia, che non vogliano rimanere in questo luogo. Vedremo.»

Entrambi fumavano, persi nei loro pensieri.

«Lei ha mai saputo più nulla riguardo alla scomparsa?»

«No, nulla.»

«Strano. In paese, a quanto ne so, fu motivo di discussione per tanto tempo»

Il professore si rabbuiò.

«Sono tutti scemi quelli lì» aggiunse Luigi ridendo, cercando di tirarlo su di morale.

Il professore si sentiva perso, come se una leggera foschia, che gli aveva offuscato i movimenti, i pensieri, a un tratto si stesse dissolvendo, facendogli intravedere il vero aspetto delle cose.

«Era più giovane di sua mamma.»

«Sì, di uno o due anni.»

«Si vede. Non voglio dire che sua mamma non fosse bellissima. Ho visto l'altra sera la foto in casa sua, ma lei, in questo scatto, ha qualcosa di diverso.»

«Dice?»

«Certo, ma non saprei come esprimermi per descriverlo.»

«Neanche io a questo punto.»

«Ora capisco perché mio zio ne era innamorato.»

«Veramente?»

«Sì, era cotto. Mio padre mi raccontò la sua storia. Io ero molto piccolo e non lo conobbi mai. È andato in America, a quanto ne so. Non ho più avuto sue notizie.»

«Come mai? Per cercare lavoro?»

«Per molti sì. Però la verità è che dopo la scomparsa non riusciva più a vivere in questi luoghi. La verità me l'ha riferita mio padre, come ho già detto.»

«E qual è la storia?»

«Mio zio era quello che si dice un'anima ribelle. Artista, pittore e scultore. Poca voglia di lavorare nei campi. Era più piccolo di mio padre e quindi il babbo si sentiva responsabile e gli lasciava fare tutto ciò che voleva. L'importante per lui era vederlo felice.»

«Lodevole da parte sua.»

«Sì, infatti a volte faceva anche il lavoro di suo fratello, quando il nonno li portava nei campi. Mentre lui rimaneva ore a disegnare le colline e le piccole case che le decoravano.»

Il professore si accese l'ennesima sigaretta, rapito dal discorso di Luigi.

«Quando la vide fu amore a prima vista. Era un'estate, se ricordo bene la storia. Una calda estate. Si conobbero a una festa in paese. Ballarono e bevvero un bicchiere di vino. Lui si innamorò perdutamente e si frequentarono per tutte le estati a venire. A quanto ne so, lei viveva in città ancora dai suoi e passava la bella stagione qui da noi. Fino al giorno della sua scomparsa.»

«Non mi ricordo bene questi avvenimenti. Di questo mia madre non parlava mai.»

«Quando scomparve, lui quasi ne impazzì. Scolpì una piccola pietra bianca e come una lapide la portò sulla loro collina preferita, sotto il grande albero, dove di solito passavano le giornate, confidandosi i segreti e i sogni. E poi se ne andò, per mai più tornare. Vostra zia, per quanto ne so, la cercarono per molti mesi e anni, ma nessuno la vide più, né in città, né qui da noi. Era come se fosse stata mangiata dal tempo. Una brutta storia.»

Il fumo della pipa e della sigaretta si intrecciarono, per poi svanire nel cielo.

«Sì, una brutta storia.»

«Lei proprio non si ricorda nulla?»

«Nulla. L'avevo dimenticato. Non so come ho fatto. La fotografia l'aveva trovata Maria.»

«Ah, capisco. Non si preoccupi, a volte succede di dimenticare, come già le ho detto.»

«Sarà l'età.»

Il profumo delle vigne, cariche di nascenti primizie, si espanse nell'aria, sfiorando i loro volti segnati dai ricordi.

«Siamo vecchi, professore.»

«Certo, Luigi, ma lei ha qualche anno meno di me.»

«Non importa. Lo sto capendo in questi ultimi giorni. Troppe volte mi siedo qui per ricordare e per pensare al mio passato. Non lo avrei fatto qualche anno fa. Mi sarei trovato lì, in mezzo alla mia vigna, a lavorare. Però non mi dispiace, non ho mai riflettuto abbastanza durante la mia vita. Non ne ho mai avuto il tempo. Ora l'età mi viene in aiuto.»

«Sì, la capisco, Luigi.»

Una signora e due ragazzine stavano arrivando dalla strada che raggiungeva il casale.

«Le mie bimbe» disse Luigi

«Allora la saluto.»

«Rimanga per pranzo, professore.»

«Come se avessi accettato, ma ho delle faccende da sbrigare.»

«Capisco, l'invito è solo rinviato, però.»

«Grazie, Luigi.»

Poi si avviò, salutando la signora e le ragazze. Decise di tagliare per i campi. Una strada più impervia, ma ci avrebbe messo meno tempo per arrivare a casa.

La casa bianca splendeva in lontananza, quasi come se brillasse di luce propria.

Risalì la collina, godendosi i colori dei piccoli fiori, che tra l'erba crescevano isolati risplendendo della loro vivacità. In quelle magiche tonalità rivedeva quanto della sua anima aveva dimenticato. Le fugaci fughe di casa per correre tra i prati, i sogni che costruiva, mangiando un panino da solo guardando il cielo, mentre la sua bicicletta, buttata a terra, aveva ancora una ruota che girava. Le ruzzolate tra l'erba verde, con il suo fedele cagnolino.

Quei fiori accesi e brillanti gli ricordavano la sua gioventù. Una gioventù che, passata quasi in un batter di ciglia, si era spenta per non tornare più.

Ora stava camminando su per il sentiero, mentre i suoi sogni giovanili erano densi di tonalità, che andavano dal blu, al bianco e al carminio. Era quasi giunto a casa, quando davanti all'uscio li vide.

Erano seduti sulle due sediucce che aveva lasciato fuori. In silenzio, guardando la terra davanti a loro, mentre il piccolo Athos scodinzolava dalla felicità al giovane Fabio.

«Professore!» gli gridò Maria, alzandosi e avviandosi verso di lui.

«Dove eravate finiti?»

«Mi scusi tanto. Ho avuto un problema e sono dovuta andare in città.»

Lui, con Maria appresso, raggiunse il bimbo che, rimanendo ancora seduto, non osava guardarlo negli occhi.

«Piccolo!» gli disse, scompigliandogli con una mano i capelli.

«Venite. Andiamo dentro, avrete sete. Stamani ho fatto una limonata.» Era esterrefatto, ma tutti e tre entrarono in casa, sedendosi attorno al grande tavolo della cucina.

«Allora, che cosa è successo?»

«Mia sorella ha avuto dei problemi con il marito. Non ho potuto non andare a trovarla.»

«Non si deve scusare, Maria.»

«E poi sono andata avanti e indietro per tutto l'anno, ma, per la gran parte del tempo, sono rimasta in città da mia sorella.»

«Quindi tutto si spiega. Lei forse non lo sa, ma ha avuto tante visite. Tutte fallimentari, a quanto ne so.»

«Chi mai è venuto a trovarmi?»

«Il dottore e il mio amico Luigi. Penso che il dottorino abbia delle aspettative.»

«Di che tipo?» chiese Maria

«Sa, è celibe e in paese non trova moglie.»

«Non mi interessa.»

«Non dica così, gli dia almeno un'occasione. E il bimbo?»

«L'ho portato con me.»

«Niente scuola?»

«No, per quest'anno lezioni a casa.»

Athos corse tra le loro gambe, richiamando l'attenzione.

«Cosa c'è, piccolo? Maria, allora avete intenzione di ritornare?»

«Sì, se non le dispiace, professore. Mia sorella sta meglio e penso che non avrà bisogno del mio aiuto per ora.»

«Perfetto, conoscete già le stanze.»

La madre, seguita dal bimbo silenzioso, si diresse verso le scale con le valigie in mano.

Lui non riusciva a crederci. Era passata una settimana e come dal nulla erano ritornati.

Era fuori di sé dalla gioia, tutte le paure scomparvero, riportando un poco di sole nella sua vita.

A un tratto, però, la fermò.

«Sa, Maria, alla fine ho scoperto chi è quella signora della foto.»

«Chi?»

«La donna con mia madre e mio padre.»

«E chi è mai?»

«A proposito di sorelle...»

«Mi dica?»

«Era la sorella di mia madre.»

«Veramente!»

«Sì.»

«E lei non se lo ricordava?»

«No. Strano, vero?»

«Può darsi. Mi faccia vedere.»

Lui si girò, la foto era ancora lì sul tavolo, anche se era certo di averla riposta in camera sua.

«Prego.»

Lei la prese in mano, guardandola dolcemente.

«Era proprio bella»

«Sì. Luigi mi ha raccontato una storia su di lei e suo zio.»

«Romantica?»

«Una specie.»

«Che fine ha fatto?»

«È morta.»

«Oh, che tragedia. Le mie condoglianze.»

«Guardi, non l'ho mai veramente conosciuta. O, perlomeno, ero ancora un bambino.»

«Mai conosciuta, veramente?»

«No, mai. Oppure non me lo ricordo» mentiva.

Maria appoggiò la foto molto lentamente. Aveva lo sguardo malinconico, come se qualcosa che non riusciva a capire l'avesse intrappolata in quell'attimo e in quel dato istante. Mentre con lo sguardo si soffermava ancora sulla foto, il suo viso si fece triste. Poi si avviò di nuovo verso la scala, dove il piccolo Fabio la stava aspettando, giocando con il simpatico Athos.

«Allora, professore, noi andiamo alle nostre stanze.»

«Sì, certo, a dopo.»

Erano ritornati e questo per lui era abbastanza. Nonostante avesse cercato di rimanere calmo in quest'ultima settimana, qualcosa nel suo animo era cambiato. Si era sentito perso e non aveva trascurato la possibilità di ritornare a Siena. Però, in quel momento, ogni cosa era cambiata. Ora era in parte rinato. Come se il loro arrivo avesse lui portato di nuovo pace nel cuore.

Si alzò e si diresse verso la camera. Si cambiò, perché la camminata lo aveva stancato, per poi ritornare in cucina, dove vide Maria alle prese con il pranzo.

«Fra poco sarà pronto, professore.»

«Non doveva, Maria.»

«Ci mancherebbe, sono in debito con lei. Per averci riaccolto.»

«Questa sarà sempre casa vostra e per questo vorrei confidarle qualcosa. Venga, si sieda.»

«Eccomi, professore.»

«Vede, Maria, come ben sa io sono celibe e non ho mai avuto dei figli. Quindi ho cominciato a pensare e visto che ora sono in pensione e davanti a me non ho tutti gli anni che vorrei… Quindi! Tagliando tutti questi preamboli, ho preso una decisione.»

«Di che tipo?» chiese lei aggrottando le sopracciglia.

«Del tipo che vorrei lasciare la mia proprietà e il denaro che ho ricavato dalla vendita del mio appartamento a Siena a suo figlio. Per scusarmi del fatto che avete dovuto sopportare in questi anni il povero vecchio che sono.»

«Professore, non deve...»

«No, aspetti, non ho finito. Questa eredità sarà di Fabio alla maggior età. E per questo lei diventerebbe tutrice di questi soldi, fino al suo diciottesimo compleanno. Ho inserito anche questa casa. Forse non è il dono più prezioso, ma il più vero. L'unica cosa che mi auguro è che ve ne prendiate cura, come avete fatto fino ad ora.»

«Professore!»

«Maria, non cerchi di farmi cambiare idea. Ho già provveduto alla stipula del testamento. E ora cambiamo discorso. Cosa c'è da mangiare? Sono affamato.»

Maria, taciturna, rispose: «Una zuppa».

«Perfetto, allora vado a chiamare il piccolo. È su in camera?»

«No è già uscito fuori.»

«Di già!»

«Sì.»

«Vado ad avvertirlo.»

Si avviò fuori dalla casa, scorgendo un bambino che correva tra i prati, inseguito dal piccolo Athos.

Sembrava così libero, mentre l'erba calda strusciava fra i suoi piedi scalzi. Stette a guardarlo per alcuni momenti. Si era così affezionato a quel ragazzo.

Il sole caldo del mezzodì gettava i suoi raggi, incendiando i campi. Improvvisamente gli ritornò in mente un ricordo. Si rivide correre fra quei prati, anni orsono, mentre il medesimo sole gli colpiva la fronte, facendola gocciolare dal sudore. Quanto tempo era passato? Secoli, pensò in quel momento, mentre con l'immaginazione il vecchio bambino correva vicino a quello più giovane, connessi con l'aroma della terra, che sommessamente cantava la sua canzone.

Il pasto venne consumato velocemente. Poi il professore decise di andare a riposare.

Quando si svegliò il sole era caduto oltre l'orizzonte già da un pezzo. Si alzò e uscì dalla sua camera. Il silenzio adombrava la casa.

La tavola sembrava incrinarsi per le lunghe ombre che la luna proiettava dal di fuori. Le scale rimanevano a guardare, arroccate su loro stesse. Decise di salire al piano superiore.

Un temporale estivo si stava avvicinando.

Udiva i rintocchi di un pendolo divino che, furioso, a breve avrebbe spazzato via la luna e la tenue luce, per solcarla di nubi nere e di una pioggia scrosciante.

Il vento faceva sbattere gli infissi delle imposte non serrate, producendo un gran baccano. La casa sembrava spoglia.

A metà scala si accorse che la porta dell'abitazione era aperta, spalancata verso la campagna. Corse a richiuderla. *Perché Maria l'aveva lasciata aperta?* si chiese fra sé. Per poi domandarsi: *Il bimbo avrà paura di questi tuoni?* Decise di controllare.

Salì di nuovo su per le scale, per poi appoggiare l'orecchio alla porta del ragazzo. Non sentiva alcun rumore. Allora decise di aprire piano piano la porta, per dare un'occhiata dentro.

I tuoni si ripetevano, rimbombanti come furie impazzite. Erano anni che non sentiva un temporale di quelle proporzioni, come se in quella notte qualcuno avesse deciso di cancellare questo mondo imperfetto. La camera era vuota.

Aprì poi deciso la porta, timoroso di essere testimone di un'altra fuga del ragazzo. Il letto era perfettamente ordinato, nessun oggetto e neanche la presenza di Athos. Il panico lo sommerse, proprio come un'onda gigantesca può sommergere una barchetta di legno priva di difese.

Si gettò verso la camera della madre, indeciso sul da farsi. Entrare in una stanza di una signora era un'azione deplorevole, ma in quel contesto forse era perdonabile. Bussò, ma nessuno rispose. Poi bussò nuovamente, con più decisione. Il silenzio.

Allora, dopo alcuni minuti, decise di entrare. Anche quella stanza era vuota. Il letto era privo di lenzuola e coperte e solo un materasso logoro copriva le assi di legno della struttura matrimoniale. Le valigie erano scomparse e la finestra era chiusa con le imposte serrate.

Si gettò all'indietro. Gli girava la testa. Si diresse al piano inferiore, aprendo nuovamente la porta di ingresso.

Si lanciò fuori. Una pioggia battente flagellava le colline, appiattendo i prati, torturando l'erba ormai incosciente. Un vento furioso spazzava ogni cosa; arrabbiato e implacabile non dava respiro a cipressi lontani che, persi nella loro rigidità, sembravano in quel momento privi di ogni certezza. Pareva la fine del mondo.

Bagnato, entrò in casa, rifugiandosi nella sua camera.

Rabbrividendo dal freddo, si gettò sul letto tremante, addormentandosi tra gli incubi. *Dove erano andati?* si chiedeva, mentre i fulmini e i tuoni gli tormentavano la mente.

La mattina arrivò veloce. Timidi raggi solari entravano sommessamente, attraverso la finestra, scaldando il letto, infradiciato dai vestiti bagnati della sera precedente.

Lui aprì gli occhi. Tremava. Si alzò in piedi, sentendo una voce cantare dietro alla porta della sua stanza. Uscì dalla camera, trovando Maria intenta a preparare la colazione.

Il piccolo Fabio, inseguito da Athos, gli balenò davanti, correndo poi fuori dalla porta aperta. Lui rimaneva in piedi a guardare quella scena. Finché Maria non lo vide.

«Professore! Cos'ha fatto?» disse, dirigendosi verso di lui.

«È tutto bagnato fradicio. Oh, santo Dio, sta tremando. Venga vicino alla stufa della cucina.» Poi corse su per le scale ritornando con degli asciugamani, cercando di riscaldarlo. Gli mise una mano sulla fronte.

«Scotta. Dobbiamo chiamare il dottore.»

Lui si scrollò di dosso gli asciugamani.

«Tranquilla, Maria. Sto bene.»

«Non sta bene per niente, professore. Cos'ha fatto per ridursi così?»

Lui guardò fuori dalle finestre.

«Sono uscito fuori ieri sera, sotto la pioggia. Non capisco.»

«Perché? C'era un temporale disastroso.»

«La porta era aperta, Maria.»

«Cosa dice? L'ho chiusa e controllata io stessa.»

«Mi era sembrata aperta» rispose, con un filo di voce.

«Non importa, ora deve asciugarsi. Venga, l'accompagno in camera.»

Poi gli cambiò le lenzuola bagnate e lo mise a letto, proprio come un bambino. Gli accarezzò i pochi capelli rimasti e ritornò in cucina, per poi portagli una tazza di brodo che lui bevve avidamente.

«Si riposi, ora.»

Stretto tra due coperte, il professore richiuse gli occhi, cercando di ricordarsi che cosa era successo veramente. Al di là delle pareti della casa si udivano delle voci di gioia.

Una voce di un bambino e l'abbaiare di un cagnolino, finché improvvisamente una linguetta veloce gli ricopri il viso di baci.

«Athos, non eri fuori con Fabio?»

Il piccolo cane scodinzolava, cercando di tirargli su il morale.

In quel momento si ricordò della scena che il piccolo Fabio gli aveva fatto vedere, porgendogli l'*Odissea*. L'anziano cane, che prima di morire dalla felicità, riconobbe nel vecchio mendicante il suo padrone.

Una lacrima gli scese lungo la guancia.

«Siete esseri perfetti» mormorò, coccolando il cagnolino.

Chiuse gli occhi, cercando di dimenticare che cosa gli era successo. Quando li riaprì, una faccia amica lo stava guardando.

«Luigi, che ci fa qui?»

«Buongiorno, professore, sono venuto a trovarla. La porta era aperta e sono entrato.»

«Ah, capisco, il piccolo la lascia sempre aperta.»

«Sta bene?»

«Non tanto. Un po' di febbre, ma non importa.»

«Non sarebbe meglio chiamare il dottore?»

«Non si preoccupi. Avrà di meglio da fare. E poi sono già in buona compagnia.»

Luigi si guardò intorno.

«Vuole che gli prepari qualcosa?»

«No, lasci stare, grazie.»

«Non sarebbe un disturbo.»

«No, stia tranquillo. Però mi può chiamare Maria.»

«La signora?»

«Sì.»

«Non c'era in casa.»

«Veramente?»

«Sì, sono entrato e non c'era nessuno.»

«Sarà andata a chiamare il dottore. Le avevo detto che non volevo.»

«Non bastava usare il telefono?»

«No, ho staccato da anni la linea.»

«Perché?»

«Non usavo più la casa. E niente, quando sono ritornato non l'ho riattivata.»

«Una bella scocciatura. Per questo abbiamo sempre concordato dei giorni fissi per portala alla corriera?»

«Sì, però, per quanto ne so, a volte staccarsi dal mondo ti rimette in pace con te stesso.»

«Lo vada a dire a mia moglie. Ora vuole mandare la bimba più grande in città da sua sorella. Dice che questo non è un buon posto per una ragazza giovane. Non ci sono teatri, divertimenti, solo un bar, popolato da vecchi. Forse, però, ha ragione.»

«I tempi cambiano, Luigi.»

Si scostò le coperte per alzarsi.

«Professore, fossi in lei mi riposerei ancora un po', non ha una bella cera.»

Lui lo guardò negli occhi, accettando il suo consiglio.

«Va bene» rispose, rimettendosi a letto.

«Ora sarà meglio che vada. La lascio riposare. Tornerò domani, se vuole.»

«Stia tranquillo, mi dia un paio di giorni e verrò io a trovarla.»

«Va bene, professore. Si riguardi.»

Poi uscì dalla porta e dalla casa, ritornando verso il suo casale.

Il professore stette ad occhi aperti, osservando il soffitto della sua camera. Pieno di piccoli buchi, increspature e macchie. Zanzare schiacciate, tracce di muffa e ombre di un sole che, irrequieto come lui, si divertiva a formare bizzarri personaggi sul muro.

Dormì quasi per un giorno e mezzo. Quando si svegliò la febbre era passata e si sentiva meglio. Si alzò e si diresse in cucina. Ci trovò il bimbo intento a disegnare con un gessetto su un bel foglio bianco.

«Ciao, Fabio.»

«Ciao!» gli rispose.

«Cosa stai disegnando?»

«Un ritratto.»

«Di chi?»

«Di casa.»

«Posso vedere?»

«Certo!»

Lui prese il foglio in mano, su cui era dipinta di nuovo la grande casa bianca, ma stavolta con cinque personaggi.

«Chi sono?»

«Siamo noi.»

«Ah, d'accordo. Me li puoi descrivere? Non ci vedo più tanto bene.»

«Questo sono io» disse il bambino, indicando una di quelle figure dipinte, tutte leggermente più grandi dell'abitazione stessa. Per poi indicarne un'altra: «Questa è la mamma».

«E questo sono io, vero?»

«Sì.» I capelli bianchi tradivano l'identità del personaggio.

«E lui è Athos. Giusto?»

«Giusto.»

«E lei chi è? La tua maestra?»

«No.»

«Allora la tua fidanzata?» gli disse, sorridendo.

«No.»

«E allora chi è?»

«Lei è la fata.»

Lui rimase in silenzio.

«Ah, è vero. La fata, la donna della lapide bianca.»

«La conosci, vero?»

«No. O forse sì, Fabio. Ora ho capito chi fosse.»

«Era bella?»

«Sì.»

«Non viene più a trovarmi da quella volta in cui siamo andati allo stagno insieme.»

Il professore si accese una sigaretta.

«Lei è arrabbiata con te.»

«Perché mi dici questo, piccolo?»

«Il perché dovresti saperlo.»

«Dov'è tua mamma?»

«Oggi non c'è.»

«È uscita?»

«Forse.»

«Quando torna?»

«Lei torna sempre.»

«Sì, forse hai ragione» rispose, mentre il cuore gli batteva furiosamente.

«Lei invece non è arrabbiata con te?»

«Perché dovrebbe esserlo, Fabio?»

«Tu lo sai, professore.»

Athos si fece sentire sotto il tavolo, scodinzolando e muovendosi velocemente.

Il piccolo Fabio, fischiettando, riprese a disegnare, mentre il professore si alzò, ritornando in camera.

Si sedette sul letto, mentre con il pensiero riandò a tanto tempo addietro. Socchiuse gli occhi e si lasciò trasportare dai suoi ricordi, muovendosi e spostandosi attraverso le fessure della memoria, che in quel momento gli avevano accarezzato il viso.

9

Maria non era a casa e il piccolo Fabio era in cucina a disegnare.

Chi gli ricordava quel ragazzo? C'era qualcosa nel suo sguardo, nelle sue movenze, che lo riportava a tanto tempo addietro; a quando il sole scaldava la sua giovane pelle abbronzata e ai suoi primi interrogativi, rivolti alle cascate di stelle, mentre i suoi occhi vibravano di quella luce che aveva sempre cercato di sbrogliare, comprendere, senza esserne mai stato capace.

Si ricordò di nuovo le sue prime corse nei campi, i tagli sulle ginocchia, i dolci baci di sua madre sulla nuda fronte, l'abbaiare del suo cane.

Ogni realtà veniva a galla dolcemente, come tante piccole bolle che, scoppiando, mostravano la loro reale natura.

In quel momento, seduto sul suo letto, la mente andò lontano, oltre quelle mura, solcando mari che non avrebbe mai potuto raggiungere se avesse voluto, ma che ora si stavano rilasciando inspiegabilmente, attraverso le immagini del piccolo Fabio e del suo disegno.

Appoggiò la testa sul cuscino. Maria era andata via, ma sarebbe ritornata. Chiuse gli occhi, addormentandosi all'istante. Chi gli ricordava? Si chiedeva, mentre il sonno, leggermente, lo portò via.

Quando si svegliò, era notte, ma l'alba sarebbe arrivata presto. Si alzò dal letto e, come se fosse guidato da una forza misteriosa, si vestì, uscendo di casa.

Cominciò a camminare confusamente, tra oscuri sentieri o solcando campi imbruniti di terra addormentata. Stridori nel cielo, piano piano, lasciarono spazio ai più dolci cinguettii di vispi voli e di dolci essenze del creato. L'alba era vicina. Timide e soffuse luci scomparirono, precedendo l'avvento dell'antico padre, creatore della vita.

Era confuso, ma continuò a camminare, finché giunse alla sua destinazione finale.

Il placido stagno riposava tranquillo, velato da pacate acque, troppo assonnate per risvegliarsi.

I timidi raggi di uno spaccato sole, simile a una grossa testa di fungo gialla e arancione, lo colpirono, mettendo in tumulto la sua intorpidita presenza. Delle ranocchie saltellavano, gracchiando a gran voce, salutando il primo visitatore, che, assorbito dai suoi ricordi, fissava l'acqua, rapito dalla mente.

Rivide la scena. La fata e un uomo, il litigio, le mani alzate, il ceffone, il pianto della donna dai lunghi capelli biondi. Lui di nuovo bambino, nascosto e protetto da un grosso cespuglio di more.

Poi le urla, la giovane vita nel grembo della fata, pulsante, viva, che richiamava spazio e richiamava amore. Il ricordo che si frammentò come un coccio, rompendosi e dividendosi in tanti altri.

L'essenza della vista si tramutò in un sogno che, dimenticato, bussava in quel momento nel suo cuore. La donna che parlava, l'uomo che urlava. Lo vide, lo riconobbe molto bene. E l'atto, il tremendo gesto, e poi?... Più nulla. Se non la corsa, il sudore, la fatica, le gambe che divenivano sempre più pesanti e stanche, e lui bambino che piangeva incredulo e corrotto da quella vista.

Aveva avuto tanta paura, tantissima. E il dolore pungente di quel ricordo irrompeva nella sua anima, sconvolgendogli la mente. Chiuse gli occhi, doveva chiudere gli occhi e li tenne chiusi, finché, come in un sogno, ritornò vecchio. Come in un sogno, ritornò a casa.

La casa bianca che, proprio come una vela, si ergeva sulla verde collina, lo stava aspettando e lì con lei, davanti alla porta, si trovavano anche Luigi e il dottore.

«Che ci fate voi qui?»

Luigi guardò il professore e dolcemente gli venne incontro, mettendogli delicatamente una mano sulla spalla.

«Venga, professore. Venga con noi. Ha bisogno d'aiuto.»

Lui lo guardò negli occhi, quegli occhi che emanavano un'anima buona.

«Va bene, Luigi. Puoi avvertire tu Maria e il piccolo Fabio?»

«Certo, professore. Lo farò senz'altro.»

A un certo punto il piccolo Athos gli corse incontro, riempiendolo di baci e carezze.

«Te ne prenderai cura, Luigi?»

Il contadino guardò davanti a sé, scrutando il vuoto.

«Sì, professore.»

Insieme cominciarono a scendere giù per la collina, lentamente.

Lui si girò per osservarla, per l'ultima volta. Il dolce candore delle sue mura, il suono melodioso di sua madre, che lo richiamava per il pranzo, e il buon odore di panni stesi al sole.

Scesero giù per la collina, salutando i cipressi, salutando l'erba increspata e salutando il passato.

«Professore» disse Luigi. «Posso chiamarla con il suo vero nome?»

«Certo, penso che ora possa farlo.»

Poi si rigirò di nuovo a riguardare la sua vecchia casa d'infanzia.

«Era bella, vero?»

Il contadino si fermò, per osservarla meglio. Erano ai piedi della collina, mentre il vento faceva muovere i campi.

«Sì, Fabio, è proprio bella. Una vela bianca, in un mare d'erba.»

La finestra dava su un giardino, dove curate piante abbellivano e coloravano le stradine e dove i pazienti, accompagnati, potevano sgranchirsi le gambe.

Lui non usciva spesso dalla sua stanza, se non per mangiare o fare una partita a scacchi.

Più che altro gli piaceva rimanere alla finestra, a osservare la gente. I loro sguardi, i loro gesti, piccole armonie, che abbellivano un posto perlopiù tetro.

A volte gli ritornava in mente la sua casa bianca. Solo per qualche minuto al giorno.

Preferiva non parlarne, visto che i medici gli avevano fatto capire che quel posto era stato l'origine della sua malattia.

A volte ripensava a quando, da piccolo, vide fuori dalla finestra suo padre fumare, la sera prima che scappasse. Dove sarà mai andato?

I medici gli avevano detto che Maria e il piccolo Fabio non erano mai esistiti. Una costruzione, per nascondere il grosso trauma a cui era stato sottoposto.

Non gli dissero un granché, ma lui furbescamente lo aveva intuito e attinto da un block-notes del suo medico curante.

A quanto pare suo padre ebbe una relazione con la sorella della moglie, più giovane di lui, e la mise incinta. Forse la uccise proprio per questo. Là, allo stagno, facendo poi scomparire il cadavere prima di sparire nel nulla.

Lui non capiva, non si ricordava molto bene. I suoi ricordi confusi si mescolavano al presente, offuscando la sua mente.

Però, talvolta, quando rimaneva tranquillo nella sua stanza a osservare fuori dalla finestra, li vedeva: Maria e il piccolo Fabio, felici, che lo salutavano.

ENKI – Collana di Saggistica

Riccardo Gobbi, *Dal circolo vizioso al circolo virtuoso*
Corinna Tania Gallori, *Il Monogramma dei Nomi di Gesù e Maria*
Rino Cammilleri, *Il Kattolico 3*
Roberta Lugoli, *La Mente Cosmica – Una metafisica del pensiero*
Riccardo Gobbi, *Memoria e conferme su Dio e sulla fede*
Fausto Bertolini, *Gesù e il Super-Io*
Michele Garini, *MESSA così è tutta un'altra cosa – Rito, esperienze, suggestioni*
Francesco Burlini, *Eresie ambientaliste*
Fabio Terraroli, *Leggende di Lonato*
Giorgio Pavesi, *Leone de' Sommi hebreo e il teatro della modernità*
Christian Monti, *Viaggio critico nel Mistero – tra Cattedrali gotiche, Templari e Massoneria*
AA. VV., *La Cattedrale di Asola*
Lidia Gallico, *Una bambina in fuga – Diari e lettere di una ebrea mantovana al tempo della Shoah*
Fausto Bertolini, *E se Dio non ci fosse?*
Alberto Zanoni, *I temi della vita tra Sacra Bibbia e miti*
Carlo Salvoni, *La Fonte*
Dante Chizzini, *Luci e ombre nei rapporti tra Viadana e Mantova – dalle Additiones agli Statuti (1430/1724)*
Marianna Maiorino, *Il canto dell'arcobaleno: La sinestesia*
Fabrizio Tassi, *Come il volo lontano degli uccelli nella pace della sera – Mistica domestica* di Fabrizio Tassi
Ferrante Bandera, *Diario di una breve stagione*
Sara Ascoli, *Cenerentola: L'inganno, l'anima e il Sang Real*
Mario Cattafesta, *Come bevevano gli antichi*
Lamberto Gherpelli, *Parma – I segreti e gli amori di una capitale*
Cesare Pirozzi, *Il segreto di Dante*
Michele Garini, *Arte e catechesi*

Emilio Reghenzi, *San Giuseppe – La vita nello spirito dello sposo di Maria*

Giuseppina Tratta – Susanna Migliorati, *Enneagramma in corso – Lezioni semplici per saggi principianti e nevrotici esperti*

Cesare Pirozzi, *La natura delle cose – Ciò che Platone sapeva ed Einstein non riuscì mai a capire*

Maurizio Uggeri, *Il bracciante che voleva la luna*

Roberta Lugoli, *Tecniche di comunicazione efficace e PNL - Tra persuasione e manipolazione*

Franca Fassio e Anna Trombetta, *Pillole di salute - Ovvero consigli per un'alimentazione e uno stile di vita sani e consapevoli*

Tullio Banni, *Il mugnaio alla Grande Guerra*

Arthur Fowler, *Verso una visione unitaria della realtà - Strutture complesse e isomorfismi*

NIDABA – Collana di Filosofia

Luca Cremonesi, *La filosofia della natura nel* De incantationibus *di Pietro Pomponazzi*

Ivan Pozzoni (a cura di), *Frammenti di cultura del Novecento – Nietzsche, Vailati, Simmel, Schlick, Arendt, Zubiri, Bateson, Dell'Oro, Warburg, Dávila, Garin, Melandri raccontati da dodici filosofi contemporanei*

Primavera Fisogni, *Ontologia della speranza*

ANUNNAKI – Collana di Narrativa

Daniele Vazquez, *La comunità dei sogni*

Fausto Bertolini, *Telebordello – Storie da far rizzare l'antenna*

Maurizio Ferrante Gonzaga, *Assalto al castello*

Mariarosaria Capaccio, *Il mare all'improvviso*

Luigi Schifitto, *L'uomo con lo zainetto*

Mauro Acquaroni, *Piccioni*

Carolina Giorgi, *La rosa di Ledmore Vale*

Anna Viale, *La camera celeste*

Ana Kramar, *Il ritorno – Storie migrabonde*

Angel Luís Galzerano, *Cronache sentimentali di un italiano a metà*
Floriano Rubiano Fila, *Appuntamento tra due anni*
Carla Menaldo, *Il re del tango*
Fausto Silva, *Il grande firlinfù*
Guido Manuli, *Lassù qualcuno mi ama?*
Adriano Bernasconi, *Omocrazia*
Sara Bellingeri, *Cartoline dal muro*
Stefano Iori, *La giovinezza di Shlomo*
Massimo Forte, *Peccato averla già consegnata*
Fausto Bertolini, *L'amore ai tempi del colesterolo*
Mauro Novellini, *Re infecta*
Michela Tafelli, *La stirpe di Zoltan*
Michela Tafelli, *I segreti di Zoltan*
Carla Magnani, *Acuto*
Mauro Acquaroni, *De La Tour*
Davide Rubini, *Il fischio finale*
Enrico Ratti, *Il taccuino dei dannati*
Leone di Candia, *Panama Caffè*
Antonio Della Rocca, *La bambina in rosso*
Marisa Pezzella, *Freddo fuoco bruciato*
Ruco Magnoli, *Sharon trova*
Lidia Masci, *Anno bisestile*
Angel Luís Galzerano, *Storie lunghe una canzone*
Carlo Salvoni, *Menamato – Storie di un cane a tre zampe*
Ruco Magnoli, *Sharon pesca*
Fausto Bertolini, *Il caso Satanas*
Mauro Novellini, *Nella legione di confine*
Celine Finco, *Due razze*
Riccardo Bassi, *La nostra prima vera estate*
Giulia Deon, *Novelle in decrescendo*
Ruco Magnoli, *Sharon vola*
Maurizio Salva, *Omicidio in Cittadella*
Alessandra Perugini, *Blu oceano*
Francesco De Siena, *Le variazioni degli spiriti*
Carla Menaldo, *Rosastrega*
Alberto Costantini, *Le astronavi di Cesare*

Simone De Bernardin, *Lettere*
Paolo Pisi, *Il meccanico di Nuvolari e altri personaggi di genio*
Ilaria Arpella, *Le cronache dei Regni Perduti – Le Regine dei Regni Perduti*
Giorgio Corvi, *Il fiore dell'eternità*
Ruco Magnoli, *Sharon fiuta*
Ruco Magnoli, *Sharon nuota*
Raffaella Azzini, *Vento d'autunno*
Laura Coghi, *Innamorarsi del possibile*
Angel Luís Galzerano, *Naufraghi*
Elisabetta Baraldi, *Sono tornate le pecore*
Floriano Rubiano Fila, *Scritto in Nicaragua*
Aquilino, *Passione di Fedra*
Silvia Peroni, *Tutto in un mese*
Mauro Acquaroni, *Ho visto – J'ai vu*
Stefania Lamanna, *Il rimpianto perfetto*
Sergio Rossi, *La bella età*
Maria Giovanna Farina, *Non siamo solo cagnolini*
Ariel Shimona Edith Besozzi, *Qualcosa per cui correre*
Lina Calogera Alaimo, *Stella Fruttidoro*
Cornelia Campidelli, *L'ignoto capovolto*
Fausto Bertolini, *Gli omicidi del Colosseo*
Adriano Bernasconi, *Eterofobia*
Ruco Magnoli, *Sharon visita*
Ruco Magnoli, *Sharon sconfina*
Lorenzo Zani, *A. Strano*
Alice Cesarini, *Abraham*
Edoardo Francesco Taurino, *Ātman e Poesia*
Maria Renata Sasso, *La cardatrice*
Cristina Brutti, *Un cammino, il mio*
Nicola Calza, *L'eredità degli uomini*
Andrea Bucci, *La leggenda del dono di Taon*
Chiara Furlotti, *Lacrime d'inchiostro*
Martino Malgesini, *Morfina*
Marisa Gianotti, *Un giardino veneziano*
Franco Brighi, *Il giorno in cui morì Alejandro Jodorowsky*

Roberto Tondi, *Sulle ali*

Alberto Costantini, *La donna del tribuno - L'avvincente storia di una donna ai confini dell'Impero Romano* di Alberto Costantini

Paola Azzoni, *La Piccola*

Jennifer Hamilton, *L'ultima ninfa*

Gabriella Paola Zurli, *La maison qui touche aux bois*

Luigi Randaccio, *I quesiti di novizio Calabrone*

Claudia Melegari, *Di visione*

Claudia Mereu, *Il mondo a culo in susu – Quando l'amore non ti lascia morire in pace*

Ruco Magnoli, *Sharon rifiuta*

Ruco Magnoli, *Sharon esorcizza*

Claudio Fraccari, *Le spine della rosa – Commedia breve in prosa*

Francesca Bonetti, *Un mare d'amore*

Vivien Zinesi, *Sogni di carta*

Fabio Giagnoni, *Infernorama*

Fausto Bertolini, *Negli occhi delle donne – Vita sentimentale di Cartesio*

Ana Danca, *La voce del silenzio*

Maria Beatrice Bandera, *Banda bandera*

Antonino Moschella, *Il sarto di Zeus*

Emilio Salgari, *Il corsaro nero*

Fabrizio Ferloni, *Il mare di Cristobal*

Stefano Iori, *I semi dell'incanto. Racconti 1972 – 2020*

Massimo Petrilli, *Io sono colui che sono*

Michela Guindani, *Come un campo di papaveri*

Massimo Baraldi, *Nagottville*

Alberto Costantini, *Donne ai confini dell'Impero*

Alessandro Gianesini, *Relazioni pericolose – Amori e altri disastri*

Marcello Tarozzi, *Le città dei sogni – Racconti del nostro tempo*

Vittorio Cicirata, *I tre demoni*

Giulia Elisabetta Bianchi, *Vite traverse*

Fausto Bertolini, *L'ultimo amore di Casanova*

Francesco Torreggiani, *Sentenze mortali*

Maria Renata Sasso, *I miei Balcani*

Anna Bertuccio, *L'isola delle donne volanti*

Antonio Badolato, *Quirinale: operazione Ultima spes*

Marcella Guidoni, *Il cammino delle oche selvatiche*

Cristina Danielis, *Nostalgia degli incontri*

Stefano Montruccoli, *L'ultimo assolo*

Emanuele Gualerzi, *Le false verità*

Alberto Costantini, *La schiava dei libri*

Franco Brighi, *Le parole sospese*

Luigi Guicciardi, *I segreti non riposano in pace*

Giulia Deon, *Vladimir Korsakov*

Sergio Rossi, *Le donne del lago*

Myriam Mantegazza, *La verità dell'agave*

Stefania Miotto, *La preda*

Andrea Del Ponte, *Il professore e la strega*

Silvia Peroni, *Riparto da qui*

Marisa Gianotti, *La ragazza con i libri in testa*

Gwenliam Starwild, *Maudite*

Riccardo Pozzi, *Nel centro della pianura*

Alberto Costantini, *L'ultima amazzone*

Alice Cesarini, *Ludwig*

Irene Rossi, *Delitti imperfetti*

Eugenio Mealli, *Nemico globale*

Mauro Acquaroni, *Morte presunta di un notaio*

Daniele Vazquez, *Tutti i bravi bambini vanno in paradiso*

Luigi Schifitto, *Una persona scorretta*

Fausto Bertolini, *Il giallo del giallo*

Laura Medei, *La goccia*

Alberto Costantini, *Oltre l'ultimo limes*

Michela Guindani, *La casa che respirava ancora*

Paola Sbardaba Ferrari, *Il casolare sull'aia*

Ana Danca, *I cinque punti cardinali*

Alessio Bussi, *L'ordine*

Corrado Grossi, *Mai più nessuno come noi*

Cornelia Campidelli, *Lettere da un'anima*

Barbara Perini, *L'amore è la via*

Lorena Marenzi, *Prima o poi un libro lo scrivo*

Alberto Costantini, *Attila, il Principe delle Lucertole*

Giorgio Montanari, *La ragazza che parlava alle api*

Sfoglia il nostro **catalogo completo**

inquadrando con il tuo **cellulare**
il **Qr-code** riportato qui sotto

Buona lettura

da **Gilgamesh Edizioni**